LA CLINIQUE
DU PRINCE CHARMANT

*Titres non disponibles

* N° 1 : LE MONSTRE D'ORGEVAL
* N° 2 : LE CARROUSEL DE LA PLEINE LUNE
* N° 3 : L'ABOMINABLE BLOCKHAUS
* N° 4 : LES SÉMINAIRES D'AMOUR
* N° 5 : LE MARCHÉ AUX ORPHELINES
* N° 6 : L'HÉROÏNE EN OR MASSIF
* N° 7 : UN CHANTAGE TRÈS SPÉCIAL
* N° 8 : LES REQUINS DE L'ÎLE D'AMOUR
* N° 9 : LA CITÉ DES DISPARUS
* N° 10 : LE CYGNE DE BANGKOK
* N° 11 : LA MANTE RELIGIEUSE
* N° 12 : LE JEU DU CAVALIER
N° 13 : LA CROISIÈRE INTERDITE
N° 14 : LE HAREM DE MARRAKECH
N° 15 : LA MAISON DES MAUDITES
N° 16 : LA PERMISSION DE MINUIT
N° 17 : LES CAPRICES DE VANESSA
N° 18 : LA VIPÈRE DES CARAÏBES
N° 19 : LE VOYOU DE MONTPARNASSE
N° 20 : LES FILLES DE MONSEIGNEUR
N° 21 : LA NUIT ARABE DE MONACO
N° 22 : LA FERMIÈRE DU VICOMTE
N° 23 : LA PUNITION DE L'AMBASSADEUR
N° 24 : LA SECTE DES AMAZONES
N° 25 : LES SIRÈNES DE L'AUTOROUTE
* N° 26 : LE BOUDDHA VIVANT
* N° 27 : LA PLANCHETTE BULGARE
* N° 28 : LE PRISONNIER DE BEAUBOURG
* N° 29 : LES ESCLAVES DE LA NUIT
* N° 30 : LES POUPÉES CHINOISES
* N° 31 : LES SACRIFIÉS DU SOLEIL
* N° 32 : L'EXÉCUTRICE
* N° 33 : LA PRÊTRESSE DU PHARAON
* N° 34 : UN CANAL ROSE POUR CIBISTE
* N° 35 : LES FANATIQUES DE LA VIDÉO
* N° 36 : LES ANGES DE PIGALLE
* N° 37 : SOSIES SUR MESURE
* N° 38 : LA MARQUE DU TAUREAU
* N° 39 : L'ÎLE AUX FEMMES
* N° 40 : LA CHÂTELAINE DE L'ORDRE NOIR
* N° 41 : LA PRINCESSE DES CATACOMBES
* N° 42 : LA DISPARUE DE SUNSET BOULEVARD
* N° 43 : LE PARFUM DE LA DAME EN GRIS
* N° 44 : LES FEMMES MYGALES DE LA CÔTE D'IVOIRE
* N° 45 : LA DANSE DES COUTEAUX
* N° 46 : LES AMANTS DE SINGAPOUR
* N° 47 : LA VEUVE DU LAC
* N° 48 : LES FANTASMES DU NOTABLE
* N° 49 : LA BÊTE DU LUBÉRON
* N° 50 : CARNAVAL À VENISE
* N° 51 : LES NUITS BLANCHES DE LA TOUR EIFFEL
* N° 52 : LOVE TÉLÉPHONE
* N° 53 : GOLF-PARTY
* N° 54 : L'ENFER DU COLLECTIONNEUR
* N° 55 : LES SOMNAMBULES DU DOCTEUR MARLY
* N° 56 : LES ENVOÛTÉS DU MARABOUT
* N° 57 : LA TUEUSE D'HOMMES
* N° 58 : LA DIVA DU BOIS DE BOULOGNE
* N° 59 LA FOLIE DE BARBE-BLEUE
* N° 60 : LE MANIAQUE DU PARKING
* N° 61 : LE BATEAU DES FILLES PERDUES
* N° 62 : LE DÉMON DU PEEP-SHOW
* N° 63 : LES CHASSEURS DE MIREILLE
* N° 64 : LA PLAGE AUX NYMPHES
* N° 65 : NUITS DE CHINE
* N° 66 : LA FILIÈRE MEXICAINE
* N° 67 : LES SECRETS DE MADAME MAUD
* N° 68 : LA FEMME MASQUÉE
* N° 69 : TRANSPORT DE FILLES
* N° 70 : LA SECRÉTAIRE DU PATRON
* N° 71 : LA PANTHÈRE DES PALACES
* N° 72 : LES PROFANATRICES
* N° 73 : LA TENTATION DE CAROLINE
* N° 74 : LA LOUVE DES BEAUX QUARTIERS
* N° 75 : LES STRIP-TEASEUSES DU PETIT ÉCRAN
* N° 76 : LES MAÎTRESSES FEMMES DE SAINT-TROPEZ
* N° 77 : LE RODÉO DU PLAISIR
* N° 78 : LES PROIES DU COMMANDO
* N° 79 : LA FEMME-FAUCON
* N° 80 : LA TIREUSE D'ÉLITE
* N° 81 : LES VOIX DU DÉSIR
* N° 82 : LES TAXIS DE L'AMOUR
* N° 83 : L'ALLUMEUSE
* N° 84 : MAÎTRE ET ESCLAVE
* N° 85 : GIGOLO STORY
* N° 86 : LA CAVALIÈRE DE L'APOCALYPSE
* N° 87 : LES JEUX DÉFENDUS DE LA PRÉSIDENTE
* N° 88 : L'ÉVENTREUR AUX YEUX D'OR
* N° 89 : JEUNE FILLE AU PAIR
* N° 90 : L'INCONNU DU TRAIN BLEU
* N° 91 : LA CALL-GIRL DE MONTRÉAL
* N° 92 : LA GRANDE BOURGEOISE
* N° 93 : LE PIÈGE ESPAGNOL
* N° 94 : CLUB PRIVÉ
* N° 95 : LA SORCIÈRE DE POMPÉI
* N° 96 : VENGEANCE DE FEMME
* N° 97 : LA DEMOISELLE DE PETITE VERTU
* N° 98 : LE VAMPIRE DE BOURGOGNE
* N° 99 : LA CHIENNE DE LUXE
* N° 100 : L'ÉTALON DE SAUMUR
* N° 101 : FIANCÉES SUR CATALOGUE
* N° 102 : LA SIRÈNE DU LOCH NESS
* N° 103 : L'OGRE DE LA BAIE DES ANGES
* N° 104 : LES AMANTS MAUDITS
* N° 105 : LA VÉNUS DE BELLE-ÎLE
* N° 106 : LA BELLE DU CAP D'AGDE
* N° 107 : LE JUSTICIER DU BOIS DE BOULOGNE
* N° 108 : ÉCHANGE DE FEMMES
* N° 109 : LES NOCES INFERNALES
* N° 110 : LA VIE CACHÉE DU BANQUIER
* N° 111 : L'APPRENTIE SORCIÈRE
* N° 112 : DERNIER ROUND À MARSEILLE
* N° 113 : LES JARDINS DU PLAISIR
* N° 114 : DÉLIT D'INITIÉE
* N° 115 : LE GRAND PRÊTRE DES ARDENNES
* N° 116 : LES PASSIONS DU COLLECTIONNEUR
* N° 117 : LA PAPESSE D'AVIGNON
* N° 118 : LES BALLETS ROSES DE SAINT-MALO
* N° 119 : LA LETTRE DE L'ENFER
* N° 120 : FANTASIA POUR ROCK STAR

* N° 121 : L'ENRAGÉE DU CERCLE POLAIRE
* N° 122 : LE CLUB DES GIRONDINES
* N° 123 : LA POSSÉDÉE DE SÉVILLE
* N° 124 : LA REINE DU SCOOP
* N° 125 : LE TOUR DE FRANCE DU TUEUR DES PLAGES
* N° 126 : LA PUCELLE D'ORLÉANS
* N° 127 : LE PARC AUX LOUPS
* N° 128 : LA RELIGIEUSE DE BUDAPEST
* N° 129 : LES DÉLIRES DE L'INSOMNIAQUE
* N° 130 : LA LOLITA DU TGV
* N° 131 : LES CHASSES DE LA GRANDE CHARTREUSE
* N° 132 : LA DAME DE SHANGHAI
* N° 133 : LA LOI DU TALION
* N° 134 : LE BON PLAISIR DU ROI
* N° 135 : LES NUITS BLANCHES DE SAINT-PÉTERSBOURG
* N° 136 : UN CIRQUE D'ENFER
* N° 137 : LES FRASQUES DU NOTAIRE
* N° 138 : RÉSEAU EXTRA-CONJUGAL
* N° 139 : NOTRE-DAME DE CHARTRES
* N° 140 : LES FAVORITES DU GRAND TURC
* N° 141 : L'ARCHANGE DE FLORENCE
* N° 142 : LE FANTÔME DE L'OPÉRA
* N° 143 : LA DAME DE COMPAGNIE
* N° 144 : LE CHOUCHOU DE LA PROF
* N° 145 : SIMPLE DAMES À ROLAND-GARROS
* N° 146 : PARFUM DE STAR
* N° 147 : DÉRAPAGE EN FORMULE 1
* N° 148 : LES CHARMES DU BIZUTAGE
* N° 149 : POUPÉES SLAVES SANS VISA
* N° 150 : LES CHAÎNES DE LA PASSION
* N° 151 : NOBLESSE OBLIGE
* N° 152 : L'HOMME EN NOIR
* N° 153 : PAQUET-CADEAU POUR GENTLEMEN
* N° 154 : DANSEUSES À DOMICILE
* N° 155 : LE FAUVE DE L'OMBRE
* N° 156 : LA SCANDALEUSE DE LA CROISETTE
* N° 157 : LE SAUVAGE DE LA FRANCILIENNE
* N° 158 : BACCHANALES POUR UN MUTANT
* N° 159 : LE COUP DU PLAGISTE
* N° 160 : LE CALVAIRE DE CHARLES-HENRY
* N° 161 : LA PIEUVRE DE BIARRITZ
* N° 162 : LES DÉBORDEMENTS DE M. LE MAIRE
* N° 163 : LE BOUCHER DE LA RUE DES ÉCOLES
* N° 164 : LA VIERGE ÉTERNELLE
* N° 165 : LE FEU DES ENCHÈRES
* N° 166 : LA NURSE DU PROMOTEUR
* N° 167 : LA PETITE REINE DU TOUR
* N° 168 : LE DÉMON DE MINUIT
* N° 169 : LA VESTALE DU TEMPLE LUNAIRE
* N° 170 : SECRETS DE FAMILLE
* N° 171 : LA DRAG-QUEEN DE WESTMINSTER
* N° 172 : LE COMPLOT DES VEUVES
* N° 173 : LE PONT DES SOUPIRS
* N° 174 : LE BAL DES SORCIÈRES
* N° 175 : LES SŒURS DIABOLIQUES
* N° 176 : BONS BAISERS DE ROISSY
* N° 177 : BAGATELLE POUR PHOTOGRAPHE
* N° 178 : LA DÉESSE DE KATMANDOU
* N° 179 : MIRAGE POUR PRIX DE BEAUTÉ
* N° 180 : LES AVENTURIÈRES DU TROPHÉE PERDU
* N° 181 : LA GRIFFE DE L'ANGE
* N° 182 : CYCLONE À L'ÎLE MAURICE
* N° 183 : LA MORSURE DU RENARD
* N° 184 : LA PASSE SECRÈTE DU TORERO
* N° 185 : LE PHILTRE D'AMOUR
* N° 186 : LE TRAQUENARD INDONÉSIEN
* N° 187 : LE SEIGNEUR D'AUDIERNE
* N° 188 : LA CLINIQUE DU DOCTEUR MOREAU
* N° 189 : LA MASCOTTE DU MONDIAL
* N° 190 : LA FEMME INTERDITE
* N° 191 : LE COUP DE FOLIE D'EMMANUELLE
* N° 192 : LE MUSÉE SECRET
* N° 193 : GEISHA SUR CANAPÉS
* N° 194 : ESCAPADES PRÉSIDENTIELLES
* N° 195 : LE LOUP DANS LA BERGERIE
* N° 196 : LES BICHES DE RAMBOUILLET
* N° 197 : LA PISTE DE LA FÉLINE
* N° 198 : LE FIL DU RASOIR
* N° 199 : LE TRAVESTI D'HALLOWEEN
* N° 200 : LES SORTILÈGES DU CASTRAT
* N° 201 : L'ÉNIGME DU GRAND HÔTEL
* N° 202 : SECRETS D'ALCÔVE
* N° 203 : UNE CERTAINE MADAME EDWARDA
* N° 204 : LA DIABLESSE DES ALPILLES
* N° 205 : LES FILLES DE FRANKENSTEIN
* N° 206 : LA VILLA DU CAP D'ANTIBES
* N° 207 : LA SÉQUESTRÉE DES FRANCOFOLIES
* N° 208 : LA COMPAGNIE DES FILLES SANS VOILE
* N° 209 : LA VIDÉO MAUDITE
* N° 210 : LE FRUIT DÉFENDU
* N° 211 : BACCHANALES AUX BAHAMAS
* N° 212 : L'ENLÈVEMENT DES SABINE

N° 213 : LA NUIT DU TOP MODEL
N° 214 : LA MADONE DES CHANTIERS
N° 215 : LES SERVANTES D'APHRODITE
N° 216 : LA SECTE DU CIGARE
N° 217 : LA DOUBLE VIE DU PATRON
N° 218 : LA FORTERESSE DES VOLUPTÉS
N° 219 : L'ALCHIMISTE DU DÉSIR
N° 220 : LES TROPHÉES DU GUERRIER
N° 221 : LES VEUVES NOIRES DU GOLF
N° 222 : LE SWING DE LA COMTESSE NOIRE
N° 223 : LA JUSTICIÈRE DE STRASBOURG
N° 224 : LES COULISSES DU POUVOIR
N° 225 : LA MUSE DU PEINTRE FOU
N° 226 : LE FANTASME DU MANNEQUIN
N° 227 : LA FÉE DES SANS-LOGIS
N° 228 : LA THALASSO DU PLAISIR
N° 229 : LE PURGATOIRE DES ANGES DÉCHUS
N° 231 : SOURICIÈRE POUR UNE CALL-GIRL
N° 232 : L'AUTOROUTE DU CYBERSEXE
N° 233 : PIÈGE À FILLES AU MONT VENTOUX
N° 234 : LE FANTASME DU VIOLONCELLE
N° 235 : HÔTESSE SPÉCIALE POUR JET PRIVÉ
N° 236 : LE MAUVAIS ANGE DE SYDNEY
N° 237 : LA FAUSSE PISTE DE COURCHEVEL
N° 238 : LA VIERGE GOTHIQUE
N° 239 : LE CLUB DES ÉNARQUES
N° 240 : LES PENSIONNAIRES DU PARADIS
N° 241 : L'ÉQUIPÉE SAUVAGE
N° 242 : FILLES PERDUES EN ALASKA
N° 243 : LA PRINCESSE DU NÉANDERTHAL
N° 244 : LE JEU DU CÉLIBATAIRE
N° 245 : LA SPÉCIALITÉ DU CHEF
N° 246 : LES VOYEURS DU WEB
N° 247 : LE LABYRINTHE DES KIDNAPÉES
N° 248 : LA REINE DES DOMINATRICES

MICHEL BRICE

BRIGADE MONDAINE

LA CLINIQUE DU PRINCE CHARMANT

VAUVENARGUES

Les dossiers Brigade Mondaine de cette collection sont fondés sur des éléments absolument authentiques. Toutefois, pour les révéler au public, nous avons dû modifier les notions de temps et de lieu ainsi que les noms des personnages ;

Par conséquent, toute ressemblance avec des personnes existantes ou ayant existé serait totalement involontaire et ne relèverait que du hasard...

ISBN : 2-7443-0897 8

CHAPITRE PREMIER

Une créature de rêve.

C'est exactement l'expression qui vint à l'esprit de Boris Corentin, lorsque la fille blonde, dont les longs cheveux scintillaient de mille gouttelettes d'eau irisée, sortit de la mer, d'une démarche incroyablement dansante.

Elle était intégralement nue, telle une naïade ou une sirène. Mais une sirène qui aurait été dotée d'une paire de jambes interminables et magnifiquement galbées.

À l'endroit où ces merveilleux fuseaux de chair rose et satinée se rejoignaient, un délicat triangle d'or bouclé rehaussait la pâleur de la peau. Plus haut, au-dessus du ventre plat et lisse, s'épanouissaient les deux beaux fruits mûrs d'une poitrine lourde et ferme. Chacun s'enorgueillissait d'une aréole d'un rose plus soutenu, parfaitement ronde, au centre de laquelle pointait un délicat mamelon érigé.

Allongé sur le sable, au milieu de l'immense plage déserte, intégralement nu lui aussi, Boris Corentin s'efforça de rester immobile.

De sa démarche chaloupée, la fille marchait droit

sur lui, un étrange sourire sur ses lèvres rouges et pleines. Dans ses grands yeux bleu pâle dansait une petite lueur trouble, à la fois timide et hardie.

Elle eut un petit rire de gorge, comme un roucoulement, lorsqu'elle vit le membre lourd de Boris s'ériger puissamment, juste sous ses yeux.

Entre les cuisses musculeuses, elle se laissa tomber à genoux sur le sable presque blanc, le regard braqué sur cette orgueilleuse matraque de chair qui continuait de grossir et de durcir, comme si elle ne devait jamais plus s'arrêter.

Après avoir rejeté ses longs cheveux blonds derrière ses oreilles, la sirène se pencha en avant. Jusqu'à ce que ses lèvres douces et délicatement ourlées entrent en contact avec le pieu palpitant qui pointait vers elle.

Boris Corentin émit un profond soupir de bien-être lorsque la bouche chaude et humide engloutit sa virilité frémissante, un centimètre après l'autre, tel un véritable fourreau vivant.

En même temps, il souleva le bras droit et avança la main, afin de caresser ce corps admirable qui s'offrait à lui sans la moindre pudeur.

Il resta muet de stupeur, comme foudroyé, lorsqu'il constata que son avant-bras venait de passer au travers du ventre de la naïade, sans le moindre effort, pour ressortir de l'autre côté, dans son dos.

Au même moment, il s'éveilla.

Immédiatement, les choses se remirent en place, la réalité reprit ses droits. Corentin put constater qu'il se trouvait chez lui, dans son studio de la rue de Turbigo, et non sur une plage déserte du Pacifique.

En allongeant légèrement le bras, il vérifia qu'il ne pouvait pas passer la main à travers le corps de la fille blonde qui se trouvait agenouillée tout contre lui.

En une fraction de seconde, il l'identifia : Liselotte, la jeune touriste danoise de 23 ans, qu'il avait « harponnée » la veille au soir, devant la pyramide du Louvre, qu'il avait ensuite invitée à dîner, « et plus si affinités ».

Et il y avait eu affinités, c'était indéniable…

En fait, la seule chose qui se trouvait être pareille dans son rêve et dans la réalité, c'était la bouche douce et chaude de Liselotte, qui s'affairait avec une fièvre grandissante sur sa virilité gonflée de désir, et au maximum de sa puissance.

Sentant à d'imperceptibles frémissements du corps que son partenaire venait de se réveiller, la jeune Danoise interrompit l'affolante caresse de sa langue et de ses lèvres, et releva la tête. Elle offrit à Boris ce sourire gourmand et mutin qui l'avait immédiatement séduit, la veille au soir, et, sans le moindre avertissement, se vautra sur lui, faisant glisser son admirable corps nu contre le sien.

– J'ai envie que tu baises moi… murmura-t-elle dans son français un peu emprunté. Je veux la queue de toi dans mon « pussy »…

Boris Corentin referma ses bras puissants autour du corps gracile de la Scandinave, et laissa glisser ses mains jusqu'à la double rotondité parfaite de sa croupe.

Il n'avait aucune raison de lui refuser ce qu'elle demandait aussi gentiment. D'autant que, d'une certaine manière, il y allait du prestige de la France…

Avant de faire basculer la jeune femme sur le lit, il jeta un rapide coup d'œil au réveil, sur la petite table de chevet. Huit heures moins le quart : il avait le temps d'un petit voyage érotique, avant de devoir rejoindre le 36 quai des Orfèvres…

*
* *

– Je ne sais pas ce que tu en penses, mais je trouve qu'il fait plutôt doux… pour un mois de novembre !

Le commandant de police Boris Corentin eut un petit sourire, à la remarque de son coéquipier et ami, le capitaine Aimé Brichot, qui venait d'entrer dans le bureau des Affaires recommandées, la section reine de la célèbre Brigade mondaine, son imperméable *Burberry* dégouttant de pluie.

On approchait du 15 août.

Et c'est vrai que, après une douzaine de jours de vrai été, le temps s'était brusquement gâté : nuages, bourrasques de pluie, rafales de vent, froid, on se serait vraiment cru à l'automne. En mettant les choses au mieux…

Boris Corentin prit le temps d'allumer sa première cigarette « ultra light » de la journée, avant de répondre à Aimé Brichot, occupé à se débarrasser de son vêtement trempé :

– Mémé, je te rappelle que, l'année dernière, à la

même époque, tu pleurnichais à cause de la canicule : il faudrait savoir ce que tu veux !

– Ce que je veux ? Ce que je veux ? releva Brichot, en remontant machinalement ses lunettes aux verres embués le long de son nez busqué. Tu veux vraiment le savoir, ce que je veux ? Des saisons qui ressemblent à quelque chose : voilà ce que je veux ! Mais on dirait que c'est trop demander… Bon, à part ça, il se passe quelque chose, ce matin ?

Boris Corentin poussa un gros soupir et désigna la surface de son bureau, aussi vierge qu'une conscience de sainte médiévale :

– Rien de chez rien, comme diraient tes jumelles ! À croire que tous les pervers sexuels de la capitale sont entrés en hibernation à cause du froid. Ou alors, partis en villégiature sur la Côte…

C'était pratiquement tous les étés pareil : à partir de la mi-juillet à peu près, début août au plus tard, on aurait dit que tous les détraqués sexuels de Paris – ceux-là même que Corentin et Brichot, entre autres, étaient chargés d'empêcher de nuire – s'étaient donné le mot pour se tenir brusquement tranquilles. Ou comme si, d'un coup, leur libido pervertie était retombée à zéro.

Ensuite, au mois de septembre, à peu près en même temps que la rentrée des classes, les affaires reprenaient pour tous les inspecteurs de la Brigade de répression du proxénétisme, autrement dit la Brigade mondaine.

En attendant, il fallait traverser cette période que

Boris Corentin détestait, lui qui ne supportait pas l'inaction, qui avait besoin d'agir pour se sentir réellement et pleinement exister. Rien de pire, à ses yeux, qu'une journée passée à traîner son ennui, à classer de vieilles affaires sans intérêt, en espérant que le gros coup va enfin arriver pour secouer cette routine léthargique.

Heureusement encore qu'il existait de petites Scandinaves pas trop farouches pour meubler agréablement ses soirées de célibataire invétéré. Du reste, à propos de Liselotte, il se disait qu'il aurait très bien pu prolonger leur petit câlin du matin, au lieu de sauter hors du lit en n'écoutant que la voix d'une conscience professionnelle mal placée : son énergie aurait été mieux employée à satisfaire les appétits érotiques de la jeune femme plutôt qu'à venir tourner en rond ici, au deuxième étage du 36[1]...

Corentin en était là de ses réflexions moroses, lorsque la porte des Affaires recommandées s'ouvrit à la volée. Pour laisser entrer le lieutenant Marc Simonneau, une grande asperge montée en graine, à qui on donnait facilement dix ans de moins que ses 32 ans réels. Chez les inspecteurs « de base », il était considéré comme le boute-en-train, le rigolo de service, toujours une blague à raconter, un gag à mettre sur pied, un trait d'humour prêt à fuser.

Boris Corentin l'aimait bien – parce que c'était

1. Abréviation pour « 36 quai des Orfèvres », l'adresse de la Police judiciaire parisienne, dans l'île de la Cité.

aussi et avant tout un excellent policier –, alors qu'Aimé Brichot avait tendance à le trouver un peu « gonflant ».

– Alerte ! tous aux abris ! souffla Marc Simonneau, en refermant précipitamment la porte du bureau derrière lui. J'offre deux mois de mon maigrissime salaire à qui me fournit une cachette vraiment sûre !

– Qu'est-ce qui se passe encore ? grommela Aimé Brichot, d'un ton rogue.

– Qu'est-ce qui se passe ? répéta le lieutenant Simonneau, en prenant un air complètement paniqué. Mais la catastrophe majeure, le cataclysme essentiel, un Hiroshima estival : la folle est de retour ! Elle est dans nos murs !

Boris Corentin dévisagea le jeune inspecteur dégingandé avec un petit sourire en coin :

– Tu n'en ferais pas un tout petit peu trop, là ? C'est qui cette folle, d'abord ?

Simonneau le regarda d'un air incrédule :

– Ne me dites pas que vous ne connaissez pas encore cette plaie d'Egypte ambulante, commandant ! Depuis une douzaine de jours, ça fait au moins cinq fois qu'elle se pointe ici, pour nous débiter son histoire complètement dingue !

Boris Corentin prit le temps d'écraser son mégot dans le cendrier publicitaire posé sur le coin de son bureau, avant de demander :

– Et c'est quoi, au juste, son histoire complètement dingue, à ta plaie d'Egypte ?

– Un truc de ouf ! soupira Marc Simmoneau, en se

laissant tomber sur l'une des deux chaises de bois verni qui faisaient face au bureau de Corentin. Figurez-vous que cette nana – pas mal gaulée, d'ailleurs, je dois admettre – prétend avoir été violée par une bande d'extraterrestres, alors qu'elle se trouvait dans je ne sais plus quelle clinique, pour y subir une insémination artificielle.

– Des extraterrestres ? fit Aimé Brichot, l'air éberlué. Avec des petites antennes et tout le tremblement ?

– Non, on n'a pas eu droit aux antennes, admit Marc Simonneau. Mais c'est pas tellement mieux ! D'après cette fille – ça m'énerve, je n'arrive pas à me rappeler son nom, là… Bref, d'après elle, ils auraient débarqué à plusieurs de leur lointaine planète pour féconder une Terrienne, et ils l'auraient violée chacun son tour, *déguisés en princes charmants du Moyen Âge* ! Vous voyez le truc ? Et comme si ça ne suffisait pas, elle prétend qu'ils étaient accompagnés, vous savez par qui ? Je vous le donne en mille, Émile…

Ni Boris Corentin ni Aimé Brichot ne firent le moindre effort pour tenter de répondre à la devinette…

– Par la *fée Carabosse* ! fit Marc Simonneau, d'une voix triomphante. Qu'est-ce que vous dites de ça ? Et ça fait presque deux semaines qu'elle déboule ici, pour reraconter toujours la même histoire et qu'elle se fâche parce que, soi-disant, on ne fait rien pour l'aider ! Du coup, maintenant, dès qu'elle pointe son nez, tous les copains se planquent pour ne pas que ça tombe sur eux, évidemment…

– Elle se trouvait dans une clinique, tu dis ? fit Boris Corentin, le regard dans le vague. Laquelle ? Elle a donné un nom ? C'est une vraie clinique ?

Marc Simonneau et Aimé Brichot le dévisagèrent d'un air totalement incrédule.

– Boris, soupira son coéquipier, tu ne vas pas me dire que tu prends ce délire au sérieux, quand même ?

– Mais je n'en sais rien, moi ! répondit Corentin, en se rejetant contre le dossier de son fauteuil. J'admets que cette femme est probablement un peu dérangée, mais ça vaut peut-être le coup de l'entendre, non ? Au moins pour qu'elle ait l'impression d'avoir trouvé une oreille compatissante : ça ne peut lui faire que du bien… Et puis, on n'a à peu près rien d'autre à faire, alors…

Corentin releva la tête vers le jeune lieutenant :

– Allez, va me chercher cette femme et amène-la ici : je vais écouter ce qu'elle a à dire, moi !

Brichot et Simonneau échangèrent un regard légèrement consterné. Puis, le lieutenant haussa les épaules et disparut dans le couloir.

– Vraiment, Boris, ton masochisme professionnel me surprendra toujours… soupira Aimé Brichot. Enfin, tout ça nous distraira peut-être jusqu'à l'heure du déjeuner, avec un peu de chance…

Corentin haussa vaguement les épaules :

– Je sais bien ce que tu penses, Mémé, et tu as probablement raison : cette pauvre femme a sûrement une « araignée dans le plafond », comme on disait quand j'étais gosse. Mais bon : on n'a rien de mieux à faire ce matin, et ça lui fera sans doute du bien que quelqu'un écoute son histoire, non ?

– Bien sûr, bien sûr, soupira Aimé Brichot, en finissant de nettoyer ses lunettes avec la petite peau de chamois qui ne le quittait jamais. N'empêche que…

Il s'interrompit net, lorsque la porte se rouvrit. Pour laisser passer le lieutenant Simonneau, escortée par une jeune femme blonde, d'environ 25 ans, dont le visage angélique, à la peau très pâle et au teint lumineux, était mangé par deux immenses yeux d'un bleu liquide et profond. Le sobre tailleur vert qu'elle portait mettait en valeur sa silhouette classique, élégante, dont la finesse faisait mieux ressortir le volume intéressant de sa poitrine.

À l'oreille droite, elle portait une boucle toute simple, mais qui, d'après ce que Corentin put en juger sur un simple coup d'œil, devait valoir à elle seule une petite fortune.

De même que la montre en or blanc qu'elle portait au poignet gauche.

– Voici Madame Nathalie Chambrun, qui souhaiterait vous entretenir d'une affaire grave, commandant ! annonça Marc Simonneau, d'un ton exagérément cérémonieux, tandis que ses petits yeux noisette pétillaient de gaîté.

– Merci, lieutenant ; vous pouvez nous laisser, à présent, répondit Boris sur le même ton, tout en étudiant la jeune femme de son regard aigu.

Elle avait pris place sur l'une des deux chaises, face à son bureau, avait croisé les jambes, faisant légèrement crisser la soie de ses bas. Elle se tenait immobile, les deux mains posées sur son genou, la tête un peu inclinée vers la gauche, enveloppant Corentin d'un regard calme, d'un bleu limpide.

Rien de la folle hystérique que le lieutenant Simonneau s'était plu à leur décrire, quelques minutes auparavant. Mais c'est vrai aussi qu'il valait toujours mieux se méfier des apparences…

– Est-ce que vous aimeriez boire quelque chose, Madame Chambrun ? demanda aimablement Boris à la visiteuse. Un café ? Un thé ?

– Je veux bien un thé, oui, s'il vous plaît… répondit-elle d'une voix douce, après une seconde ou deux d'hésitation. Je peux fumer ?

Corentin lui fit signe que oui, tandis que Brichot disparaissait silencieusement du bureau, vers la machine à boissons chaudes, située sur le palier intermédiaire entre le premier et le deuxième étage.

– Il paraît que ce n'est pas la première fois que vous venez nous voir… attaqua prudemment Boris, avec un petit sourire engageant.

Nathalie Chambrun lui rendit son sourire. Mais le sien était pâle, machinal, comme désabusé, et trahissait quelque chose qui ressemblait à de la fatigue, ou à un certain épuisement nerveux.

– Je sais bien que tout le monde me prend pour une folle… répondit-elle, sans détourner son regard de celui de son interlocuteur. Mais je peux vous assurer, Monsieur, que je ne le suis pas !

Elle se reprit aussitôt, en baissant la tête :

– C'est-à-dire… Si, peut-être que je le suis, au fond. Je sais bien que mon histoire est incroyable. Mais, ce que je veux dire, c'est que j'ai réellement vécu tout ce que je…

Elle s'interrompit net, au milieu de sa phrase, et eut un geste vague de la main droite. Comme pour dire que tout ça était sans espoir.

– Et si nous reprenions tout depuis le début ? suggéra doucement Corentin, tandis que Brichot revenait, avec un petit plateau de plastique, supportant un gobelet de thé et deux de café. Que je me fasse une idée par moi-même…

– Si vous pensez que c'est nécessaire, soupira la jeune femme, avec le même petit sourire las.

– Je le pense, oui…

Nathalie Chambrun joignit ses mains à hauteur de son visage. Les yeux à demi fermés, comme si elle se recueillait avant de se jeter à l'eau.

Pour ne pas troubler leur tête-à-tête, pour donner à l'entretien un côté moins « interrogatoire de police », Aimé Brichot était allé se rasseoir derrière son bureau et se faisait oublier de la visiteuse.

– Mon mari et moi ne pouvons pas avoir d'enfant ensemble, commença Nathalie Chambrun, d'une voix à peine audible, mais qui s'affermit rapidement par la suite. Nous sommes mariés depuis quatre ans, notre couple est parfaitement heureux. Ou plutôt : *serait* parfaitement heureux, s'il n'y avait ce problème qui nous gâche la vie de plus en plus. Il y a environ sept mois, nous nous sommes résolus à faire les examens requis, afin de savoir à quoi nous en tenir. Une de mes amies m'a recommandé la clinique du Val d'Or, principalement son directeur, le docteur Soliveau, et c'est donc là que nous avons pris rendez-vous…

– Et, donc, si j'en juge d'après ce que je sais déjà de la suite, intervint alors Corentin, vous avez appris que vous étiez parfaitement à même d'enfanter…

– Moi, oui, dit-elle en redressant la tête, avec une sorte d'orgueil. Mais Bertrand, non ! Bertrand, c'est mon mari… C'est lui qui est stérile. Définitivement stérile…

Le silence retomba brusquement dans le bureau, et un voile de tristesse passa devant les yeux limpides de Nathalie Chambrun.

– C'est alors que vous avez décidé de recourir à l'insémination artificielle, en faisant appel à un donneur anonyme, l'encouragea Corentin.

– Oui. Après avoir beaucoup hésité – il faut vous dire que mon mari et moi sommes des catholiques pratiquants, et que cela n'allait donc pas de soi… Enfin, le docteur Soliveau a été tellement persuasif que nous avons sauté le pas.

– L'opération s'est passée quand ? demanda alors Aimé Brichot, intervenant presque malgré lui dans la conversation, son naturel « flicard » reprenant le dessus.

– Il y a 17 jours exactement, le 27 juillet, répondit aussitôt Nathalie Chambrun, mais en continuant de s'adresser à Boris Corentin. Je suis ressortie le lendemain, le 28, c'était un mercredi. En fin de matinée…

– Le lendemain ? releva Boris. Je croyais que l'insémination artificielle se pratiquait en « ambulatoire », comme disent les médecins, c'est-à-dire sur une seule journée.

– En principe, oui, répondit la jeune femme. Mais, dans certains cas, le docteur Soliveau préfère garder ses patientes une nuit en observation, pour ne pas prendre le moindre risque, vous comprenez…

De nouveau, Nathalie Chambrun s'abîma dans un silence lourd, la tête baissée.

– Et si nous en venions à… à ce qui vous amène ici… la relança doucement Corentin.

Une sorte de rictus douloureux déforma le beau visage régulier de la jeune femme, durant une seconde ou deux. Ses traits ne se détendirent que par un effort visible de sa part.

– Oui, je suppose qu'il le faut… soupira-t-elle. Ça s'est passé la nuit, précisément. Je me suis endormie très vite, sans doute grâce aux pilules que m'a données l'infirmière. Quand je me suis réveillée, au beau milieu de la nuit, je n'étais plus dans ma chambre, mais dans une sorte de grande pièce tendue de velours rouge, sans fenêtre.

– Comment savez-vous que c'était la nuit, s'il n'y avait pas de fenêtre ? demanda aussitôt Boris.

Nathalie Chambrun eut l'air étonné :

– Tiens… c'est vrai ça… En fait, je ne sais pas comment je le sais, mais je suis certaine que c'était la nuit…

– C'est sans importance pour l'instant, la rassura

Corentin. Reprenez, Madame Chambrun. Donc, vous vous êtes réveillée ailleurs que dans votre chambre de clinique…

Elle parut hésiter, avant de poursuivre :

– C'est-à-dire que je ne me suis pas vraiment réveillée. J'étais consciente, j'avais les yeux ouverts, mais…

– Mais ?…

– C'est difficile à expliquer… Je voyais les choses qui m'entouraient à travers une sorte de brouillard étrange. Tout bougeait, les choses ondulaient. C'était comme… *comme une brume vivante* ! Je sais que ça paraît stupide, mais…

– Continuez, Madame Chambrun : est-ce qu'il y avait d'autres phénomènes bizarres, comme celui que vous venez de nous décrire ?

– Oui : j'avais beau faire tous les efforts que je voulais, je ne parvenais à bouger ni les bras ni les jambes. C'était comme si mes membres pesaient des tonnes ! En même temps, le reste de mon corps était d'une légèreté incroyable. J'avais l'impression de flotter dans une sorte d'apesanteur. Et surtout…

La jeune femme se mordit la lèvre inférieure, et son visage s'empourpra brusquement.

– Je suis terriblement gênée… murmura-t-elle, avec un coup d'œil furtif en direction d'Aimé Brichot. C'est tellement intime, tellement…

Un bref coup d'œil suffit entre les deux policiers pour se comprendre, et Aimé Brichot se leva brusquement.

– Je vais devoir vous laisser, annonça-t-il, sur un ton dégagé : il faut que j'aille au sacro-saint rapport !

Et il disparut du bureau, dont il referma soigneusement la porte derrière lui.

– Je vous écoute, Madame Chambrun, fit doucement Corentin, une fois qu'ils furent seuls. Sachez que rien de ce que vous pourrez me dire ne sortira de ce bureau, je vous en donne ma parole…

Elle le remercia d'un simple battement de cils, avant de poursuivre, d'une voix murmurante :

– Mon corps me brûlait. Plus exactement : le bas de mon ventre me brûlait… Vous comprenez ce que je veux dire, n'est-ce pas ?

– Je crois, oui…

– J'avais une envie folle de… Une envie presque monstrueuse de faire l'amour ! C'en était presque insupportable, je…

Nathalie Chambrun ravala une sorte de sanglot, avant de poursuivre, avec beaucoup d'efforts sur elle-même :

– Je n'avais plus qu'une envie, c'est qu'un homme vienne me rejoindre, sur ce lit inconnu, et me… et me prenne. N'importe quel homme ! J'étais comme une chienne, comme une…

– Calmez-vous, Madame Chambrun, dit Corentin d'une voix apaisante, en contournant son bureau pour venir entourer ses épaules de son bras. Que s'est-il passé ensuite ?

– Ils sont entrés, murmura-t-elle. D'abord la fée Carabosse, puis les…

– La fée Carabosse ? l'interrompit Boris.

– Oui, je sais que ça paraît fou, opina Nathalie Chambrun, dont les tempes s'étaient emperlées de fines gouttelettes de sueur. Mais cette femme, immense, massive, ressemblait vraiment à une mauvaise fée d'un conte pour enfants, je vous assure ! Elle était suivie par sept ou huit hommes, je ne sais plus exactement. Ils étaient habillés comme des princes du Moyen Âge, avec des sortes de pourpoints et des culottes bouffantes. Deux ou trois d'entre eux portaient même des chapeaux empanachés de plumes de différentes couleurs. C'était à la fois effrayant et fascinant…

– Et qu'ont-ils fait ?

– Au début, rien. Ils se sont placés en cercle autour du lit, pendant que la fée Carabosse venait s'asseoir tout à côté de moi. Et là… Là, elle a commencé à me… à me caresser. D'abord les épaules, le visage, la poitrine… Puis, sa main est descendue vers mon ventre. Et… Mon Dieu, c'est horrible à dire, mais je…

La jeune femme releva vers Corentin un visage éploré, où se lisait une sorte d'égarement teinté de panique, avant de débiter d'un trait, très vite :

– Je mourais d'envie qu'elle plonge ses doigts dans mon ventre. Je la *désirais*, vous comprenez ? Pour la première fois de ma vie, j'avais envie qu'une femme prenne possession de moi ! En même temps, j'avais très peur de ces hommes qui m'entouraient et qui me détaillaient avec des yeux horribles, rouges, luisants…

Mais je ne pouvais pas bouger, et il y avait ce feu qui me dévorait…

– Que s'est-il passé ensuite, Madame Chambrun ?

– La fée Carabosse a dit quelque chose, dans une langue incompréhensible. C'était des sons qui n'avaient absolument rien d'humain… *rien de terrestre* ! Et les autres ont ri, comme s'ils comprenaient parfaitement cet horrible langage ! C'est à ce moment-là que j'ai pensé qu'ils devaient venir d'une autre planète, d'un autre monde que le nôtre. C'était plus qu'une impression : une certitude absolue. Même si, évidemment, je n'avais, et n'ai toujours aucune preuve. Sauf que l'un d'eux, je m'en souviens parfaitement, avait de grosses griffes poilues, à la place des mains… C'était horrible… Bref, à ce moment, la fée a quitté le lit et ces créatures se sont rapprochées du lit. Puis ils… ils… oh ! mon Dieu !

– Ils vous ont violée ? demanda doucement Corentin.

– Tous ! souffla la jeune femme. L'un après l'autre, ils m'ont… Ils ont… Enfin, vous comprenez !

Elle lui agrippa le bras et le serra si fort qu'il sentit ses ongles s'enfoncer dans sa chair, à travers le tissu de sa chemise crème :

– En réalité, ils ne m'ont pas violée, Monsieur Corentin ! Et c'est ça le plus terrible ! J'avais envie qu'ils me fassent l'amour comme ils l'ont fait ! J'avais besoin de les sentir s'enfoncer en moi ! Je désirais d'une façon répugnante ces sexes énormes qu'ils pointaient vers mon corps nu. Il fallait qu'ils éteignent le feu qui me dévorait et…

Elle éclata brusquement en sanglots, et Boris attendit patiemment que le flot de ses larmes se tarisse, se contentant de lui caresser doucement l'épaule.

– Ensuite, tout s'est brouillé, balbutia-t-elle, après s'être un peu calmée. À mesure que le feu de mon ventre s'apaisait, tout devenait flou autour de moi, les murs de la pièce se sont mis à danser, les couleurs à fondre. Enfin, lorsque le dernier s'est retiré de mon corps, ils se sont tous évanouis dans l'air, comme des esprits… Moi, j'ai perdu conscience et, quand je me suis réveillée, j'étais de nouveau dans ma chambre de la clinique. Comme si… Exactement comme si…

– Comme si rien ne s'était passé ? hasarda doucement Corentin. Comme si tout cela n'avait été qu'un cauchemar absurde ?

– Oui… admit la jeune femme, comme à regret. Mais je sais que c'était réel ! Chaque fibre de mon esprit et de mon corps sait que tout ça a réellement eu lieu ! Et moi, je… Je sais que l'enfant que je porte, qui a commencé à se développer en moi n'est pas humain ! Il faut m'aider, il le faut absolument ! Je ne peux pas garder cette… cette chose, à l'intérieur de mon ventre ! C'est terrifiant ! Je ne dors plus depuis ce jour-là… Il me semble que je le sens pousser, grandir… Il va finir par me dévorer…

Il se passa encore de longues minutes, avant que Boris Corentin ne parvienne à calmer tant soit peu Nathalie Chambrun. Mais il y parvint tout de même.

– Madame Chambrun, finit-il par demander, êtes-vous au moins certaine de l'être, enceinte ?

Elle opina lentement :

– Oui, depuis ce matin. Mon médecin me l'a confirmé. C'est pour ça que je suis revenue vous parler : je sais à présent que je n'ai pas rêvé !

Corentin sentit que la jeune femme risquait de retomber dans une nouvelle crise de larmes. L'empoignant par les épaules, il la força à se lever de sa chaise. Aussitôt, elle se blottit contre lui et le serra entre ses bras de toutes ses forces. Pas comme une femme qui demande de l'amour : comme un enfant qui réclame une protection contre la peur irrationnelle qui l'envahit irrésistiblement.

Boris caressa doucement ses longs cheveux dorés et soyeux, en lui murmurant des paroles apaisantes, sans réelle signification.

– À qui d'autre avez-vous raconté cette histoire ? lui demanda-t-il, lorsqu'il la sentit se détendre un peu.

– À deux personnes seulement, répondit Nathalie, en restant blottie contre le torse de Corentin : au docteur Soliveau, d'abord, et à mon mari, ensuite.

– Et comment ont-ils réagi ?

– Ils ont eu exactement la même réaction, dit-elle, avec une pointe d'amertume dans la voix : ils ont ri…

Boris se retint de lui dire que c'était la réaction qu'à peu près n'importe quelle personne sensée aurait eue…

– Le docteur Soliveau m'a expliqué que c'était un cauchemar sans doute engendré par mon inquiétude face à l'insémination artificielle. Quant à Bertrand, il m'a dit que je devais être fatiguée et que ça passerait tout seul, pourvu que je me repose et que je ne pense à rien…

Corentin sauta sur l'occasion qu'elle lui offrait. Il l'écarta de lui et plongea ses yeux dans les siens, en essayant de mettre un maximum de persuasion dans sa voix :

– Vous reposer : c'est effectivement la meilleure des choses à faire, dans un premier temps, Madame Chambrun…

La jeune femme s'écarta de lui avec une certaine brusquerie, presque de la violence. Son visage s'était brusquement fermé et ses yeux avaient viré au bleu foncé.

– Vous ne me croyez pas, vous non plus, c'est ça ? siffla-t-elle, d'une voix presque désagréable. Vous êtes comme les autres : vous refusez la réalité, quand elle vous dérange ! Tant pis, je n'ai pas besoin de vous : je sais ce qu'il me reste à faire, désormais !

Avant que Corentin ait pu trouver les paroles adéquates pour la retenir, Nathalie Chambrun avait fait volte-face et était sortie du bureau, pratiquement en courant. Le premier réflexe de Boris fut de la rattraper. Mais, à mi-chemin entre son bureau et la porte, il s'arrêta brusquement.

La rattraper pour lui dire quoi ? Après tout, Marc Simonneau et Aimé Brichot avaient probablement raison : Nathalie Chambrun devait être un peu dérangée. Son histoire de « partouze extraterrestre » semblait le prouver. Sans parler de la fée Carabosse…

Justement, Aimé Brichot refit son apparition dans le bureau des Affaires recommandées :

– Alors ?

Boris haussa les épaules :

– Alors, elle m'a effectivement raconté une histoire assez délirante, si tu veux savoir…

Et Corentin, en quelques phrases, mit son coéquipier au courant du récit fait par Nathalie Chambrun.

– Du délire pur… trancha Aimé Brichot, d'un ton net. Simonneau a raison, pour une fois : elle a le cerveau un peu en surchauffe, cette pauvre fille…

À cet instant précis, le verdict de son coéquipier, peut-être parce qu'il était un peu trop catégorique, un peu trop péremptoire, provoqua un déclic dans le cerveau de Corentin.

La seconde d'avant, il était tout près d'être du même avis que lui. Et voilà que, maintenant, tout d'un coup, il trouvait ça un petit peu trop facile, de passer un témoignage par pertes et profits, sous prétexte qu'il était « délirant ».

Elle avait parfois bon dos, la folie…

– Tout de même, proféra-t-il, les yeux dans le vague, je trouve son histoire un peu bizarre. Pas seulement délirante : bizarre…

– Ah bon ? s'étonna Brichot. Et en quoi ?

– Eh bien, par exemple, tous les symptômes qu'elle prétend avoir ressentis, en se réveillant dans cette chambre inconnue : on dirait les effets d'une drogue. Pas ceux d'un simple cauchemar. Et puis, je te rappelle qu'au bout du compte, elle est bel et bien enceinte...

Aimé Brichot s'autorisa un petit ricanement :

– C'est bien la moindre des choses, non ? Je te rappelle qu'elle est entrée en clinique pour y subir une insémination artificielle, tout de même !

– C'est vrai, tu as raison, concéda Corentin, comme à regret. Il n'empêche...

– Il n'empêche que quoi ? demanda un peu brusquement Aimé Brichot, agacé par l'obstination de sa flèche[1].

Boris Corentin le regarda avec un grand sourire innocent :

Il n'empêche que, dans la mesure où je n'ai rien de plus urgent à faire, je vais peut-être bien m'autoriser une petite visite à cette fameuse clinique du Val d'Or, moi !

1. Le premier des deux, dans une équipe de policiers.

CHAPITRE II

– Regarde comme elle est belle… murmura Elizabeth Woodyard, de sa voix rauque, toujours un peu voilée, avec cette pointe d'accent anglais dont elle n'avait jamais réussi à se défaire complètement.

Le docteur Philippe Soliveau s'approcha de son infirmière-chef et jeta un coup d'œil de l'autre côté de la grande glace sans tain.

Il en resta muet de saisissement.

C'était elle, vraiment elle, sans aucun doute possible : *la Belle au bois dormant*.

Sur le grand lit presque carré, dans la pièce sans fenêtre tendue de velours écarlate, reposait une jeune femme blonde, dont les longs cheveux étaient étalés en une sorte de corolle d'or sur l'oreiller blanc, autour de son visage ovale, à la carnation délicate et pâle. Par contraste avec cette pâleur presque désincarnée, sa bouche ressemblait à un beau fruit mûr, grenat et brillant. Sous la longue robe ample et transparente qui la couvrait du cou aux chevilles, sa poitrine se soulevait avec la lente régularité du sommeil le plus profond. Une poitrine orgueilleuse, ferme, ronde, qui paraissait presque trop volumineuse, par rapport au corps fin et gracile de la belle endormie.

Dans la petite pièce sombre où se trouvaient le médecin et son infirmière, des haut-parleurs invisibles diffusaient en sourdine la voix chaude et comme cassée de Mary Bryant, susurrant *On the sunny side of the street*, soutenue par les volutes brumeuses du saxophone ténor de Lester Young.

Les yeux brillants de convoitise, le Dr Soliveau s'attarda longtemps à contempler la jeune femme aux yeux fermés. Le savant et subtil mélange de pureté et de sensualité qui se dégageait de cette « Belle au bois dormant », comme il l'avait qualifiée un instant plus tôt, le plongeait dans des abîmes d'excitation érotique.

Elle était là, innocente, immobile, sans défense, prête à tout subir, sans se plaindre.

Et, justement, dans quelques instants, elle allait être livrée aux six hommes qui attendaient dans la pièce voisine, en sirotant les cocktails que lui, Philippe Soliveau, avait pris soin de faire préparer pour eux, avant qu'ils n'arrivent chez lui.

Et, le mieux, c'est que, grâce à un autre cocktail, de drogues cette fois, la Belle au bois dormant de ce soir, comme toutes les autres avant elle, ne se souviendrait absolument plus de rien, une fois qu'elle serait vraiment réveillée…

Le Docteur Soliveau eut un petit sursaut, lorsque la longue main d'Elizabeth Woodyard se posa sur le devant de son pantalon, et entreprit de masser du bout des doigts la protubérance dure qui le déformait.

Mais il ne bougea pas, se contentant de savourer la pression des doigts experts de son infirmière en chef sur sa virilité tendue à se rompre. Et tout en continuant à dévorer du regard la belle endormie, de l'autre côté de la glace sans tain.

– Je crois que nous n'avons jamais eu une aussi belle patiente, qu'est-ce que tu en penses ?

Un délicieux frisson parcourut la colonne vertébrale du médecin. Pas seulement parce que l'Anglaise massait son sexe avec de plus en plus de science amoureuse. Aussi parce qu'elle venait de passer au tutoiement. Ce qui était toujours le signe que les réjouissances étaient imminentes.

Que les membres de la Guilde allaient très bientôt entrer en action, et se ruer sur leur proie sans défense…

La Guilde ! C'était son idée à lui, Philippe Soliveau, directeur de la clinique du Val d'Or, située quelque part dans l'un des quartiers hautement et luxueusement résidentiels qui s'étendaient de Chatou au Vésinet. Mais il savait très bien que, sans la volonté et la force de caractère d'Elizabeth Woodyard, sans son formidable appétit érotique aussi, et l'espèce de perversité trouble qu'elle mettait dans toutes ces choses, la « Guilde des Princes Charmants » n'aurait probablement jamais vu le jour.

Et, régulièrement, notamment quand il contemplait comme maintenant une jeune femme blonde endormie par ses soins et prête à tout subir, il remerciait le hasard d'avoir mis l'infirmière anglaise sur sa route.

Elizabeth Woodyard s'était présentée à la clinique du Val d'Or un peu moins de trois ans plus tôt. Suite à une annonce que Philippe Soliveau avait fait paraître pour trouver une surveillante, c'est-à-dire, en d'autres termes, une infirmière-chef expérimentée.

Dès que l'Anglaise était entrée dans son bureau, donnant sur le grand parc clos de murs et parsemé de grands arbres, le docteur Soliveau avait ressenti comme un choc, au creux de la poitrine.

Elizabeth Woodyard n'était pas belle, ses traits étaient trop accusés, son nez trop grand, sa bouche trop dure. De même, malgré une paire de seins comme des obus, un fessier incroyablement large et proéminent, il y avait quelque chose d'un peu trop masculin qui se dégageait de sa haute et massive silhouette. Surtout pour un homme qui, comme Philippe Soliveau, « flashait » depuis toujours sur les blondes évanescentes et minces, fragiles et diaphanes, ce qu'il appelait en son for intérieur les « Belles au bois dormant ».

Pourtant, il se dégageait de l'Anglaise une telle charge de sensualité trouble, une telle force de plaisir, qu'il en avait été tout remué, dès ce premier contact. Et c'est sans vraiment avoir étudié les références professionnelles qu'elle lui avait mises sous le nez qu'il avait pris la décision de l'embaucher.

Plus tard, Elizabeth Woodyard lui avait avoué que, dès les premières minutes de ce premier entretien, elle avait parfaitement compris dans quel état d'excitation sa présence avait plongé son futur employeur. Et qu'elle s'était sentie toute disposée à y répondre…

La « chose » avait eu lieu moins de trois semaines plus tard, au sortir du bloc opératoire, à la suite d'une intervention particulièrement délicate et qui avait bien failli mal tourner pour la patiente.

Elizabeth Woodyard avait pénétré dans le local où Philippe Soliveau prenait sa douche et se changeait après chaque intervention, un peu plus rapidement que d'habitude. Et l'avait découvert entièrement nu.

Ni l'un ni l'autre n'avait bronché.

– La patiente est toujours en salle de réveil, tout se passe normalement… avait annoncé l'infirmière, d'une voix parfaitement naturelle.

Par la suite, Philippe Soliveau s'était toujours demandé ce qui, à ce moment précis, avait provoqué cette érection soudaine et pour le moins intempestive.

Était-ce le fait qu'il venait d'apercevoir, à contre-jour, les contours du corps massif de l'infirmière, nue sous sa tenue de bloc, à l'exception d'une petite culotte noire ?

Ou bien le fait qu'elle s'adresse à lui comme si de rien n'était, d'un ton purement professionnel, sans paraître remarquer sa nudité ?

Toujours est-il qu'il n'avait rien fait pour dissimuler sa verge qui durcissait et se gonflait à vue d'œil, se dressant en direction d'Elizabeth.

– C'est parfait, avait-il répondu, sur le même ton. Faites-la remonter dans sa chambre d'ici une dizaine de minutes : je passerai la voir après ma consultation...

Et il s'était avancé vers son infirmière, d'une démarche tranquille, précédé par le formidable pieu de chair noueux qui jaillissait à présent de son ventre plat et imberbe.

Lorsqu'il s'était retrouvé à une trentaine de centimètres d'elle, Elizabeth Woodyard, en le regardant droit dans les yeux, lui avait demandé, d'une voix parfaitement calme, presque neutre :

– Désirez-vous que je vous soulage, docteur ? Avant votre consultation, ça me paraît indiqué...

– Faites comme vous le sentez, Woodyard... s'était entendu répondre Philippe Soliveau, le souffle tout de même un peu court.

L'Anglaise s'était laissé tomber à genoux sur le carrelage humide, avait plaqué ses deux grosses mains sur les hanches de son patron, et avait lentement fait coulisser ses lèvres dures autour du membre qui pointait avec une certaine arrogance virile en direction de son visage.

Quelques secondes plus tard, courbé en deux vers elle, Philippe Soliveau s'était retrouvé en train de fourrager à pleines mains sous la blouse de l'infirmière, palpant avec fièvre, presque avec brutalité ses deux énormes seins, qui s'agrémentaient de deux mamelons rouge foncé, incroyablement turgescents et durs.

Cette première fois, il ne l'avait pas prise, comme il devait le faire tant de fois par la suite. Toujours « en levrette », elle à quatre pattes, lui présentant son imposant fessier, et lui à genoux derrière elle, choisissant de labourer son sexe incroyablement poilu ou ses reins, en fonction de son inspiration du moment.

Pour cette première « prise de contact », il s'était contenté de jouir de la science perverse de ses lèvres et de sa langue, pour, finalement, se déverser à longs traits brûlants et épais au fond de sa bouche.

Depuis, le médecin et son infirmière n'avaient plus arrêté. Il n'avait jamais été question de sentiments entre eux. Encore moins de jalousie. Juste de cet embrasement brutal des sens qui, régulièrement, les saisissait au même moment et les précipitait avec violence l'un sur l'autre, pour un accouplement sauvage et furtif.

Il s'était passé environ six ou sept mois avant que, un soir, le docteur Soliveau ne se décide à parler à son infirmière-chef de ce qui s'était passé, un soir de l'année précédente, dans l'une des chambres de la clinique du Val d'Or.

C'était un soir d'orage, il était tard, la journée avait été épuisante. À présent, le fracas du tonnerre et le crépitement dur de la pluie emplissaient le ciel, et semblaient prêts à anéantir le monde. Philippe Soliveau et Elizabeth Woodyard se trouvaient dans le bureau du médecin, dont il avait baissé les stores, à travers lesquels les éclairs luisaient brièvement, comme des flashes stroboscopiques.

Appuyée sur le coin du bureau, la jupe relevée jusqu'à la taille, l'infirmière avait les cuisses complaisamment ouvertes, pour permettre à son patron de fourrager à pleins doigts dans la forêt bouclée, profonde et sombre, qui s'étalait au bas de son ventre large et blanc.

De l'autre main, Philippe Soliveau avait extrait son membre viril de son pantalon de toile légère et le caressait doucement, non pour parvenir à une quelconque explosion de plaisir, mais simplement pour en entretenir le volume et la raideur.

Alors, au cœur de la clinique silencieuse, peut-être parce que l'orage les isolait parfaitement du monde des vivants ordinaires, Philippe Soliveau avait raconté à Elizabeth Woodyard ce qui s'était passé, ici même, à la clinique, dans l'une des chambres de l'aile ouest, une nuit de novembre de l'année précédente.

Ce soir-là – un petit crachin humide tombait sur la région parisienne –, Philippe Soliveau avait dîné au Coq Hardi, à Bougival, avec quatre de ses plus vieux amis : un chirurgien esthétique, un juge, un banquier et deux hauts fonctionnaires, l'un au ministère des Finances, l'autre au Quai d'Orsay[1].

À l'issue du repas – excellent mais un peu trop arrosé – Alexandre Siniac, le banquier, avait proposé d'aller « s'encanailler » à Paris, dans un club privé dont il était membre depuis peu, et où les hôtesses

1. Le siège du ministère des Affaires étrangères, à Paris.

n'étaient pas chargées que de renouveler les consommations. Le projet avait fait l'unanimité chez ces quadragénaires enflammés par l'alcool et les nourritures trop riches, mais Philippe Soliveau avait exigé de repasser par sa clinique : il voulait voir si tout se passait bien pour la jeune patiente sur laquelle, trois heures plus tôt, il avait pratiqué une insémination artificielle et qu'il avait préféré garder en observation jusqu'au lendemain matin. D'une seule voix, les cinq autres avaient décidé de l'accompagner.

– Comme ça, si jamais ton insémination artificielle n'a pas marché, l'un de nous pourra toujours lui en pratiquer une autre… de façon toute naturelle ! avait même claironné Alexandre Siniac, d'une voix un peu empâtée.

La réalité avait dépassé sa plaisanterie…

Plus d'un an après, Philippe Soliveau, ainsi qu'il l'avoua à Elizabeth Woodyard, était incapable de se souvenir de quelle manière les choses avaient dégénéré.

Tout ce dont il se souvenait, c'est que ses cinq compères l'avaient accompagné à travers la clinique pratiquement déserte, jusque dans la chambre de sa patiente, une superbe blonde au teint pâle et au corps gracile de princesse.

Que, émoustillée par cette superbe fille profondément endormie, l'un ou l'autre de ses compagnons avait commencé à palper son corps sans défense. Puis, que les autres s'y étaient mis à leur tour.

Mais le plus incroyable, pour Philippe Soliveau,

c'était de se dire que lui, médecin réputé et jusque-là intègre, avait accepté de faire une piqûre à sa patiente, de manière à ce qu'elle ne risque pas de se réveiller malencontreusement.

À peine moins incroyable que ce qui s'était passé ensuite : tour ou tour, chacun des hommes présents, *y compris lui-même*, avait longuement violé la patiente endormie, sous le regard allumé des autres. Sans que la malheureuse jeune femme ait conscience de quoi que ce soit…

– Depuis, on en parle souvent, avait conclu Philippe Soliveau, tout en continuant de fourrager entre les cuisses de son infirmière. Ni mes amis ni moi n'arrivons à oublier cette soirée. C'était… comment dire ? À la fois effrayant et excitant… Terriblement dangereux aussi : chacun d'entre nous, si ç'avait tourné mal, risquait sa réputation et sa carrière ! Et puis, il y a autre chose : cette fille que nous avons… enfin, avec laquelle on s'est « amusé », eh bien ! elle est finalement tombée enceinte. Et personne ne peut dire si c'est par l'insémination artificielle que j'avais pratiquée quelques heures avant, *ou si le père de son enfant est l'un d'entre nous* ! C'est peut-être ça, aussi, qui fait qu'on brûle d'envie de recommencer, sans vraiment se l'avouer…

À ce moment, le visage en feu, Elizabeth Woodyard avait projeté son ventre en avant, pour s'empaler plus profondément sur les doigts qui la fouillaient.

– Et pourquoi ne pas vous l'avouer ? avait-elle

soufflé d'une voix rauque, en se penchant pour enrouler ses doigts autour de la verge dressée de Soliveau. Pourquoi ne pas recommencer ? C'est tout à fait faisable, il me semble ! Et sans danger, encore : il suffit de préparer le bon cocktail de drogues, de manière à ce que la fille soit consciente au moment des réjouissances, mais qu'elle ait tout oublié le lendemain matin, lorsque les effets se sont dissipés. La fameuse « drogue du viol » est capable de faire ça, non ? Surtout si on la couple avec d'autres produits judicieusement dosés… [1]

L'infirmière s'était laissé tomber à genoux entre les cuisses musculeuses de son amant, et avait frotté sa joue contre la virilité noueuse qui pointait droit vers elle, avant d'ajouter, d'une voix encore plus chargée d'électricité érotique :

– Je suis certaine que vos amis seraient ravis, si vous fondiez une sorte de petite société secrète, afin de recommencer ce que vous avez vécu ce soir-là ! Et puis, très franchement, si toutefois la présence d'une femme ne vous paraît pas trop incongrue, je dois dire que j'adorerais participer à ce genre de soirées… Je trouve ça extrêmement excitant… Pervers… Réfléchissez-y, docteur : il y a là un moyen de s'amuser vraiment… et sans risques !

Environ deux mois après cette conversation, la

1. Ce cocktail redoutable existe bel et bien. Mais, pour des raisons déontologiques que le lecteur comprendra facilement, nous n'en dévoilerons pas ici la composition.

toute nouvelle et très secrète « Guilde des Princes Charmants » se réunissait autour du lit de sa première « Belle au bois dormant ». La Guilde comprenait au départ sept membres : Philippe Soliveau et ses cinq complices de la première fois, plus Elizabeth Woodyard, qui avait été « adoptée » à l'unanimité par les membres masculins.

D'un commun accord, ils avaient décidé que seules les jeunes femmes blondes, au corps gracile et au teint pâle, à l'apparence délicate de princesse de conte de fées, seraient dignes de recevoir leurs hommages et, ensuite, de porter leur enfant.

Dès qu'il se présentait une candidate à l'insémination artificielle ayant le profil requis, le scénario était le même. Le docteur Soliveau commençait par annoncer à sa patiente qu'il préférait, contrairement à l'habitude, la garder une nuit en observation, pour plus de prudence.

On avait soin, alors, de lui attribuer une chambre située au rez-de-chaussée, le plus près possible de l'entrée du petit couloir souterrain qu'il avait fait aménager entre la clinique proprement dite – bâtiment ultra-moderne – et son hôtel particulier, de style manoir anglais, qui se trouvait plus avant dans le parc.

Ainsi, et parce que très peu de patientes passaient la nuit à la clinique, la « Belle au bois dormant » pouvait être discrètement transportée de la clinique à l'hôtel particulier, dont Soliveau avait fait aménager une partie du sous-sol, en vue des petites « réunions » de la Guilde.

Ces soirs-là, Elizabeth Woodyard s'instituait infirmière de garde, de façon à ce qu'aucun regard indiscret ne vienne surprendre leurs petites allées et venues…

Ensuite, Philippe Soliveau pratiquait sur sa patiente un simulacre d'insémination artificielle, dans des conditions normales d'intervention. Puis, le soir, la dite patiente avait droit à son cocktail de drogue, en intraveineuse, qui la plongeait dans un état qui n'était ni la veille ni le sommeil, mais une sorte d'entre-deux. C'est-à-dire qu'elle était plus ou moins consciente de ce qu'elle subissait, *au moment où elle le subissait*, mais qu'elle n'en gardait rigoureusement aucun souvenir le lendemain matin, lorsque l'effet des drogues se dissipait.

Elle faisait d'ailleurs bien plus que subir. Car Philippe Soliveau, au fil du temps, avait considérablement « amélioré » son cocktail, en y ajoutant une combinaison d'aphrodisiaques qui faisait de la Belle au bois dormant du jour une sorte de bacchante échevelée, tenaillée par le désir, et prête à tout pour éteindre le feu érotique qui lui dévorait le corps.

Et, jusqu'à présent, tout avait fonctionné comme sur des roulettes. La Guilde avait même accepté deux nouveaux membres, un patron de presse parisien et un industriel normand, qui avaient été soigneusement et longuement « sondés », avant d'être cooptés par les sept membres fondateurs…

– Il serait peut-être temps d'aller chercher nos amis et de commencer la fête, docteur… murmura soudain

Elizabeth Woodyard, en cessant de masser le sexe dur et tendu, à travers le pantalon de toile de son patron.

Philippe Soliveau s'arracha avec peine de sa rêverie, et de la contemplation du corps délicat de Stéphanie Lamberteaux, la Belle au bois dormant de ce soir.

– Vous avez raison, souffla-t-il. Allons les chercher, ces braves amis…

Se soustrayant à regret à la caresse habile de l'infirmière, Philippe Soliveau se dirigea vers la porte située au fond de la petite pièce obscure où ils se trouvaient.

De l'autre côté, il fut accueilli par un concert d'exclamations joyeuses. Cinq hommes se trouvaient là, dans cette pièce plus grande, éclairée par la lumière orangée de plusieurs petites lampes à abat-jour, luxueusement aménagée en une sorte de bar très « cosy ». Tous avaient un verre à la main et l'atmosphère confinée était imprégnée d'une odeur de tabac blond fraîchement fumé.

– Mes amis, l'heure est venue ! annonça le médecin, en saisissant la petite corbeille d'osier qu'il avait placée à l'avance sur le petit bar d'acajou, rehaussé aux coins de ferrures dorées. Si vous voulez bien vous donner la peine de verser votre modeste obole à la cause commune…

Ça, c'était une idée d'Elizabeth Woodyard : depuis un peu plus d'un an maintenant, chaque « prince » de la Guilde était tenu, pour participer à la fécondation d'une nouvelle Belle au bois dormant, de verser une participation financière. Pas du tout modeste, comme l'avait annoncé Philippe Soliveau, puisqu'elle avait été fixée à quinze mille euros par tête. Seule Elizabeth Woodyard, en tant que membre « non fécondant » (et pas riche…) de la Guilde, en était dispensée.

L'ensemble des cotisations était dans un premier temps mis en commun et soigneusement gardé par Philippe Soliveau. Puis, lorsque la patiente se retrouvait enceinte et que l'analyse génétique de son futur enfant avait permis de déterminer lequel des membres de la Guilde en était le père, celui-ci recevait l'intégralité de la cagnotte, soit entre soixante et plus de cent mille euros, selon le nombre de participants à la soirée. C'était ce que l'industriel normand, Stéphane Gigouin, joueur de poker invétéré, appelait « intéresser la partie ».

Ce fut lui qui s'avança le premier pour déposer ses trente billets de cinq cents euros dans la corbeille tendue par Soliveau. C'était un petit homme sec, au nez en bec d'aigle et au regard d'une fixité inquiétante.

Il fut suivi par Arnaud d'Estirc, le fonctionnaire du Quai d'Orsay, puis par Edmond Caputeau, le juge, par Jean-Michel Blasire, chirurgien esthétique de son état, et enfin par Alexandre Siniac, le banquier d'affaires.

– Parfait, mes amis ! soupira Philippe Soliveau, après avoir lui-même déposé son obole dans la corbeille qui, à présent, débordait de billets flambant neufs, craquant comme du bon pain frais. C'est donc la coquette somme de quatre-vingt-dix mille euros que recevra l'heureux papa de ce soir !

– Bravo ! Vive l'argent ! s'exclama Jean-Michel Blasire, le chirurgien, un gros quadragénaire sanguin, presque entièrement chauve, mais dont les mains avaient la finesse de celles d'une femme. Je vous avertis que je vais tout faire pour que ce soit moi, cette fois !

Évidemment, aucun des membres de la Guilde n'avait besoin de cet argent. Dans la mesure où la richesse personnelle était l'un des critères déterminants pour devenir membre de la Guilde, pour pouvoir prétendre à être un « prince charmant ». Ils s'en fichaient tellement, de cette cagnotte, que, le plus souvent, le gagnant s'en servait pour offrir aux perdants un week-end dans un palace luxueux, à Marrakech, à Gstaad ou ailleurs, suivant la saison.

– C'est soirée ordinaire ou costumée ? s'enquit alors Alexandre Siniac, le plus jeune membre masculin de la Guilde, du haut de ses trente-huit ans.

Ça aussi, les soirées costumées, c'était une idée d'Elizabeth Woodyard.

– Vous vous appelez princes, mais vous ressemblez à n'importe quel pauvre gugusse contemporain, avec vos petits costumes sombres, fussent-ils coupés par les meilleurs tailleurs de Londres ! s'était-elle moquée, un jour. Un prince, ça doit flamboyer, ça doit se couvrir d'or, de pierreries et d'étoffes précieuses !

Les membres de la Guilde, piqués au vif par ses moqueries, avaient relevé le défi. Chacun de son côté, ils s'étaient fait faire de somptueux vêtements, vaguement inspirés des modes princières médiévales, ou Renaissance, telles que les dévoilaient les tableaux anciens.

Pour ne pas être en reste, et parce qu'elle avait un sens certain de l'auto-dérision, Elizabeth Woodyard s'était elle-même confectionné un habit de fée Carabosse, par référence ironique à son nez légèrement crochu et à son menton un peu trop proéminent.

Désormais, il y avait donc des soirées ordinaires, où les membres de la Guilde restaient « en civil », et les soirées costumées, où chacun se parait méticuleusement de tous ses atours et brocarts…

– La dernière fois, nous étions en costumes, n'est-ce pas ? réfléchit Philippe Soliveau à haute voix.

– Exact, opina Elizabeth Woodyard, à sa droite.

– Dans ce cas, soirée ordinaire ! décréta le médecin.

– Ça m'arrange, personnellement, soupira Arnaud d'Estirc, le diplomate. Mon pourpoint est taché depuis la dernière fois et j'ai complètement oublié de le faire nettoyer…

– Eh bien ! si tout le monde est prêt, claironna le maître de maison, veuillez me suivre, messieurs : notre Belle au bois dormant nous attend…

*
* *

Stéphanie Lamberteaux crut entendre un bruit, venant de loin, de très très loin.

C'était comme un grelottement de chaînes qu'on secoue. Non, plutôt comme une lourde porte de fer qui tourne lentement sur ses gonds, en gémissant lugubrement.

Elle ouvrit les yeux. Ou, plus exactement, elle

essaya. Car ses paupières pesaient des tonnes. Le simple fait de *vouloir* les soulever la mit au bord de l'épuisement.

Elle essaya d'appeler à l'aide, mais aucun son ne franchit ses lèvres. Des lèvres que, de toute façon, elle ne parvenait pas à décoller l'une de l'autre.

Elle avait l'impression affolante que tout son corps s'était transformé en une lourde pierre, plus ou moins façonnée à sa ressemblance.

Dans un effort désespéré, elle banda ses muscles, concentra toute sa volonté dans le haut de son visage, et parvint enfin à entrouvrir les yeux.

Elle eut l'impression de se trouver allongée dans une caverne immense, dont la voûte supérieure restait invisible, tellement elle était haute.

Il lui semblait entendre de la musique, très lointaine, et pourtant merveilleusement précise et pure. Mais c'était une musique comme elle n'en avait entendu encore ; des sons qui, dans leur nature et leurs agencements, n'avaient rien d'humain ; de la musique céleste.

Ou peut-être infernale.

Petit à petit, Stéphanie Lamberteaux eut la sensation que la vie se remettait à circuler dans ses veines et ses artères. Que son corps de pierre redevenait de chair et de sang.

Au prix d'un effort dont elle ne se serait pas crue capable, elle parvint à relever légèrement la tête de l'oreiller sur lequel elle reposait.

Et elle vit effectivement une porte s'ouvrir, juste en

face de son lit. Mais extrêmement loin. Au point qu'elle se demanda comment elle faisait pour la distinguer aussi nettement.

En fait, elle s'aperçut que, dans la pièce où elle se trouvait, tout ce qui était immobile – murs, tentures, meubles – restait pour elle sombre et légèrement flou, alors que cette porte en train de s'ouvrir, en mouvement, lui apparaissait extraordinairement nette et lumineuse.

Comme si, par un phénomène incompréhensible, elle avait soudain acquis une vision de chat.

Lorsque la porte fut grand ouverte, Stéphanie vit entrer plusieurs personnes dans la pièce où elle était. Une femme d'abord, puis un petit groupe d'hommes qu'elle ne parvint pas à compter avec précision.

Elle se dit qu'il y avait quelque chose de bizarre en eux, d'inhabituel…

Il lui fallut plusieurs secondes avant de comprendre de quoi il s'agissait.

Ils étaient entièrement nus. La femme comme les hommes qui la suivaient, et qui s'avançaient lentement, en se déployant de part et d'autre de son lit.

Parce qu'elle était la plus avancée, Stéphanie concentra d'abord son attention sur la femme. Elle avait de longs cheveux noirs, dénoués, qui tombaient sur ses épaules en lourdes cascades.

Stéphanie eut l'impression qu'elle était immense, nantie d'une poitrine et d'une croupe démesurées.

Et puis, il y avait aussi le triangle noir qui proliférait au bas de son ventre, incroyablement touffu et dense, remontant très haut vers le nombril.

Dans un premier temps, Stéphanie se dit qu'elle était horrible, repoussante, effrayante même.

Mais, dans la seconde suivante, sans que rien ait pu lui laisser prévoir une telle réaction, elle sentit son ventre s'embraser, se tordre, et son sexe s'inonder.

Si elle avait pu soulever ses bras aussi lourds que du plomb, elle les aurait spontanément tendus vers cette femme, dont le visage lui disait vaguement quelque chose, afin qu'elle la serre contre sa formidable poitrine, aux pointes dardées d'un rouge très sombre.

Elle qui, jamais de sa vie, n'avait ressenti la moindre attirance pour les personnes de son sexe.

Stéphanie faillit pousser un cri de joie, lorsque la femme brune vint s'asseoir sur son lit, tout près d'elle, et qu'elle sentit le contact chaud et doux de sa cuisse nue contre son flanc, à travers le tissu arachnéen de sa longue robe. Elle l'aurait même sûrement poussé, ce cri, si elle avait réussi à ouvrir la bouche, mais elle en fut incapable.

– Alors, ma petite chérie, comment te sens-tu ? murmura Elizabeth Woodyard, en posant sa main droite sur le sein palpitant de la Belle au bois dormant.

Stéphanie eut l'impression que cette voix lui arrivait de très très loin. Et qu'elle était comme un souffle pur, la plus délicieuse et la plus immatérielle des caresses. Instinctivement, ses cuisses s'ouvrirent et ses reins se cambrèrent.

L'infirmière eut un petit rire sec, et, se tournant vers les hommes nus qui entouraient le lit, annonça de sa voix rauque et voilée:

– Je crois que cette petite salope est fin prête, messieurs les princes…

Et ce fut la ruée.

Stéphanie, dont les yeux s'étaient refermés sous le poids incroyable de ses paupières, sentit des mains parcourir son corps tremblant d'impatience, chiffonner sa robe, effleurer la peau de son ventre lisse, pétrir les globes charnus et fermes de ses seins aux pointes roses dressées, descendre vers l'intersection dorée et bouclée de ses cuisses ouvertes.

Le désir soudain qui l'avait embrasée lui donna la force de tendre le bras vers la femme brune. Et un faible gémissement de bonheur s'exhala de sa gorge tendue, lorsque ses doigts s'enfouirent dans le formidable buisson noir qui obscurcissait son ventre large et blanc.

– Mais c'est qu'elle branle comme une véritable petite putain ! s'exclama Elizabeth Woodyard, en écartant complaisamment ses imposantes cuisses. Vas-y, ma belle: fais-le bien couler, mon petit chat !

Puis, l'Anglaise se tut brusquement. Simplement parce que Jean-Michel Blasire, le chirurgien, qui n'avait jamais fait mystère de son attirance pour elle, venait de s'avancer vers le lit, son sexe raide à la main, et qu'elle n'avait eu qu'à entrouvrir les lèvres pour l'engloutir presque complètement dans sa bouche avide.

Autour du lit, la tension érotique montait à toute vitesse. Les « princes » se pressaient à qui mieux

mieux, afin d'être le premier à bénéficier des faveurs de la Belle au bois dormant. Dont, à présent, sous le coup de fouet des drogues qu'on lui avait injectées, le corps se tordait sur le drap, comme celui d'une femelle possédée par quelque démon lubrique.

Sous l'effet de ce désir puissant, irrésistible, elle avait rapidement recouvré l'usage de ses muscles, un temps paralysés, et dans une grande agitation des deux bras, elle palpait tous les corps qui passaient à sa portée.

Très vite, elle se retrouva avec un sexe d'homme dans chaque main – en l'occurrence, celui d'Alexandre Siniac, le banquier, et celui, énorme et noueux, de Stéphane Gigouin, l'industriel normand.

En même temps, alors qu'elle agitait fiévreusement ces deux hampes de chair dure et frémissante, un troisième prince – le juge Edmond Caputeau – venait de grimper sur le lit et de prendre place entre les cuisses écartelées de la Belle au bois dormant.

Ses yeux exorbités braqués sur l'efflorescence dorée qui ombrait délicatement le ventre palpitant de sa proie, il se laissa tomber sur le corps de Stéphanie. Celle-ci poussa un long râle de femelle heureuse, lorsque la verge dure et longue prit possession de son ventre en feu, et referma ses jambes dans les reins de son étalon.

Le tout, sans lâcher les deux virilités palpitantes qu'elle continuait de manipuler en cadence, avec une sorte de fièvre rageuse.

Le juge jouit très vite. Le va-et-vient de ses reins

puissant s'accéléra brusquement, et il se déversa dans l'intimité de Stéphanie avec un râle de plaisir, son pubis soudé à celui de la jeune femme qui haletait à présent sans discontinuer.

– Encore ! supplia-t-elle, d'une voix pâteuse, lorsque Caputeau se fut retiré de son ventre béant, et palpitant d'un désir qui semblait impossible à assouvir.

Alexandre Siniac s'arracha à la caresse presque brutale de sa main droite, et vint prendre entre ses cuisses ouvertes la place laissée vacante par le juge. Il la pénétra d'un seul coup de reins, lui arrachant un long soupir de bien-être.

Au même moment, Stéphane Gigouin, dont l'énorme verge palpitait dans la main gauche de Stéphanie, laissa exploser le plaisir qui bouillonnait en lui. La jeune femme en eut le visage tout inondé de longs filaments blancs et crémeux. Du bout de la langue, elle lécha avidement ceux qui maculaient ses lèvres et se trouvaient donc à sa portée, le corps tressautant des assauts virils de Siniac.

Pendant ce temps, Jean-Michel Blasire avait extrait son sexe de la bouche d'Elizabeth Woodyard et avait littéralement jeté l'infirmière au bout du lit, à plat ventre, de façon à ce qu'elle lui présente son formidable fessier blanc.

– Vas-y, encule-moi, salaud ! grinça l'Anglaise, d'une voix méconnaissable, le visage écarlate et les yeux étincelants. Ramone-moi le cul bien à fond !

L'obscénité agressive de ses paroles agit comme un coup de fouet sur les sens déjà survoltés du chirurgien.

Saisissant à pleines mains les larges hanches de cette femelle offerte, il se rua littéralement dans l'ouverture la plus étroite de son corps, lui arrachant un petit cri de douleur. Qui se mua presque aussitôt en un halètement de femelle en rut.

Des halètements qui s'arrêtèrent net, lorsque Arnaud d'Estirc força le barrage de ses lèvres et plongea sa verge dans sa bouche, jusqu'au fond de sa gorge.

– Moi aussi ! s'exclama alors Stéphane Gigouin, le visage écarlate et les yeux hors de la tête. Moi aussi je veux y aller de ma petite sodomie, y a pas de raison ! J'ai envie d'un cul… tout de suite !

Le corps tressautant sous les assauts virils de Blasire, Elizabeth tourna vers lui son visage déformé par le plaisir que lui procurait le sexe roide lui labourant les entrailles. Elle eut un petit sourire allumé en constatant que le Normand avait déjà récupéré de son précédent orgasme « manuel », et que son énorme membre avait retrouvé toute sa raideur et son impressionnant volume.

– Attends juste que ce salaud ait fini de me défoncer et tu pourras prendre sa place ! grinça-t-elle entre ses dents, le souffle court. Moi aussi, j'ai envie de sentir ta grosse queue dans mon cul, figure-toi !

Mais le Normand pointa l'index vers Stéphanie, dont le corps tressautait comme celui d'une poupée de chiffon sous les assauts de plus en plus rapides d'Alexandre Siniac :

– Non ! c'est elle que je veux enculer ! décréta-t-il,

en secouant sa verge disproportionnée d'une main.

Philippe Soliveau, qui était jusqu'à présent resté un peu en retrait de l'orgie générale, s'interposa entre Gigouin et celle dont il prétendait faire sa victime :

– Cher ami, je vous rappelle que la sodomie n'est pas prévue dans les statuts de la Guilde, dit-il d'un ton froid et net.

Les petits yeux noirs de l'industriel se mirent à lancer des éclairs de contrariété :

– M'en fous, de vos statuts ! On est là pour s'éclater, non ? Ça nous coûte assez cher, d'ailleurs ! Alors, moi, ce qui m'amuse, là, maintenant, c'est d'enculer cette petite poulette, point barre !

Au même moment, Alexandre Siniac explosa dans le ventre de Stéphanie, la tête renversée en arrière, un sourire bienheureux sur ses lèvres un peu molles. Dès qu'il eut joui, il se retira de son corps tremblant et se laissa glisser au bas du lit, le souffle court et le visage transpirant.

Aussitôt, écartant sans ménagement Philippe Soliveau, Stéphane Gigouin empoigna Stéphanie par les hanches et, avec aussi peu d'efforts que s'il s'était agi d'une poupée de chiffons, la retourna sur le ventre.

– Voyons, cher ami, reprit Soliveau d'une voix franchement mécontente, je vous assure que…

Il fut interrompu par le cri de douleur aigu qui venait de jaillir de la gorge de Stéphanie.

Le Normand s'était laissé tomber de tout son poids sur son dos, et son imposante virilité avait trouvé d'instinct le chemin de ses reins, ouvrant littéralement la jeune femme en deux, d'une seule poussée brutale.

– Bon Dieu, que c'est le pied ! jura Gigouin, suant et soufflant comme un gros phoque échoué. Cette pute est étroite comme c'est pas permis, et chaude comme l'enfer !

Furieux de ne pas être obéi, alors qu'il était tout de même le président de la Guilde, Philippe Soliveau faillit se précipiter sur ce rustre de Gigouin, le saisir par les épaules et l'arracher à sa victime.

Finalement, il haussa les épaules et ne bougea pas. Quelle importance, après tout ? Qu'est-ce que ça pouvait faire qu'il sodomise cette fille ou pas ? Dans quelques heures, de toute façon, elle se réveillerait dans sa chambre de clinique et aurait absolument tout oublié de ce qu'elle avait subi au cours de cette nuit, alors...

Mais le visage du docteur Soliveau s'assombrit encore et ses sourcils se froncèrent. *Tout* oublié, c'était peut-être un peu vite dit. Car il y avait toujours le cas de la précédente patiente, cette Nathalie Chambrun, inséminée deux semaines plus tôt, et qui était revenue le voir pour lui raconter son « cauchemar », son viol par des extraterrestres...

Bien sûr, il avait eu facile de lui démontrer qu'il s'agissait d'une simple hallucination, due à un pseudo choc post-opératoire. Mais tout de même : depuis deux ans, c'était la première fois qu'un tel phénomène se produisait, et ça continuait de le tarabuster.

Philippe Soliveau se passa la main dans les cheveux et se força à sourire : décidément, il devenait un peu trop impressionnable, ces temps-ci ! Qu'est-ce que ça pouvait bien lui faire, les délires de cette folle ? En quoi est-ce que ça le concernait, après tout ?

Pour chasser les derniers nuages qui assombrissaient son humeur, il s'avança vers Elizabeth Woodyard, dont le corps massif continuait de tressauter sous les assauts sodomites de Jean-Michel Blasire. Il se posta juste devant elle, son sexe à hauteur de son visage.

– Pompe-moi un peu, ma belle ! lui ordonna-t-il avec un petit sourire. Fais-moi bien bander, que je puisse honorer à mon tour notre Belle au bois dormant : moi aussi, après tout, j'aimerais bien empocher la cagnotte !

Docile, l'infirmière entrouvrit les lèvres, afin de happer la virilité en berne de son patron.

Au même moment, ils entendirent les éructations grasses de Stéphane Gigouin, dans leur dos. Le Normand se colla à la croupe mince et ronde de Stéphanie Lamberteaux et se déversa à longs traits au plus intime d'elle-même.

Lorsqu'il se retira, et que la jeune femme aux reins meurtris se recroquevilla à l'autre bout du lit, trois ou quatre petites taches de sang vermeil apparurent sur le drap, d'un blanc immaculé.

Mais, sur le moment, dans l'atmosphère de fièvre érotique et orgiaque qui régnait dans la pièce surchauffée, personne n'y prit garde…

CHAPITRE III

« Dis donc, il se met plutôt bien, le docteur Soliveau ! », songea Boris Corentin, en descendant de sa voiture de service, devant la grille de la propriété, située à la limite de Chatou et du Vésinet, dans l'un des quartiers les plus riches de ce coin de la banlieue ouest.

La veille, en milieu d'après-midi, toujours aussi désœuvré, il avait fini par empoigner son téléphone pour appeler la clinique du Val d'Or, et il avait demandé à parler au docteur Philippe Soliveau.

Depuis le matin, l'étrange récit de Nathalie Chambrun ne lui sortait pas de l'esprit. Tantôt, il se disait qu'il s'agissait vraiment du délire d'une femme au cerveau dérangé. Et, la minute d'après, il trouvait que, tout de même, il y avait là-dedans des petites choses qui méritaient qu'on s'y intéresse d'un peu plus près.

Finalement, dans la mesure où Charlie Badolini[1] ne

1. Le commissaire divisionnaire Charlie Badolini est le patron de la Brigade mondaine.

leur avait confié strictement aucune affaire intéressante, à Aimé Brichot et à lui, il avait décidé d'aller y voir lui-même.

Au téléphone, le docteur Soliveau s'était montré tout à fait aimable et coopératif, et lui avait proposé de passer le voir à la clinique dès le lendemain, en milieu de matinée.

Jugeant que c'était vraiment un déplacement inutile, Aimé Brichot avait décliné l'invitation de sa flèche à l'accompagner, préférant rester au bureau pour y mettre un peu d'ordre dans ses vieux dossiers.

Boris Corentin appuya sur le gros bouton de l'interphone métallisé, à droite de l'entrée de la grande propriété entièrement close de murs de pierre. Presque aussitôt, une voix féminine aimable, mais légèrement grésillante, s'informa de l'objet de sa visite, et lui ouvrit la grille à distance, dès qu'il eut décliné son identité.

Après être remonté en voiture, il s'engagea dans l'allée goudronnée de rouge, qui serpentait entre de gigantesques arbres – des chênes et des marronniers – et de vastes pelouses impeccablement tondues.

Depuis le matin, la pluie avait cessé de tomber, mais il faisait toujours froid et gris, et le mois d'août continuait à ressembler à novembre…

Au bout d'une centaine de mètres à petite allure, Corentin arriva à une bifurcation de l'allée. Un petit panneau de bois indiquait que la clinique se trouvait à gauche, tandis que la branche de droite, qui disparaissait entre les arbres, était barrée par un gros panneau de sens interdit.

Après encore une centaine de mètres, la voiture déboucha sur une esplanade dépourvue d'arbres, occupée pour moitié par un gigantesque parterre de fleurs multicolores, mollement agitées par la brise, et pour l'autre moitié par un parking goudronné, aux trois quarts vide.

Devant, se dressait un bâtiment d'un blanc immaculé, pourvu de larges fenêtres, édifié sur un seul niveau, mais très long, et desservi par un vaste perron auquel on accédait par quelques marches plates. L'ensemble respirait le neuf, le propre, le fonctionnel.

Plus loin dans le parc, sur la droite, à demi caché par les arbres, Boris aperçut une autre construction. C'était une sorte de manoir anglais presque carré, élevé sur deux étages plus les mansardes à pignons du toit d'ardoises.

Les murs blonds étaient striés de colombages plus foncés, et les fenêtres à petits carreaux étaient peintes en blanc. Sur le devant, la bâtisse était prolongée par une sorte de véranda ouverte mais protégée par un petit toit, en ardoises lui aussi. Et, devant, s'étendait une terrasse étroite, faisant visiblement tout le tour de la maison, où se trouvaient des chaises et une table de jardin, ainsi que quelques mini-conifères en pots, disposés sur le bord de la terrasse, à intervalles réguliers.

Au moment où Corentin stoppait sur le parking, une ambulance démarrait doucement et s'engageait dans l'allée conduisant à l'entrée de la clinique.

Corentin traversa le perron d'un pas rapide, franchit les portes coulissantes automatiques, et se retrouva dans un hall clair et décoré de plantes vertes. Sur la gauche, se trouvait le petit comptoir de la réception, derrière lequel une jeune femme rousse, dont le corps généreux était revêtu d'une blouse blanche d'infirmière, lui offrit un sourire d'une sensualité évidente, quoique discrète.

– Que puis-je pour vous, Monsieur ?

Corentin lui expliqua le but de sa visite. Non sans plonger furtivement son regard dans le décolleté pigeonnant de la jeune femme, dont le badge de poitrine lui apprit qu'elle se prénommait Charlotte.

– Le docteur Soliveau doit encore être à son bureau, à cette heure-ci, lui apprit-elle, après un coup d'œil furtif à la grosse pendule murale. Je vais avertir son assistante que vous arrivez. Prenez le couloir qui est juste derrière vous, puis le premier sur votre droite : le bureau du docteur est au fond, la double porte en bois sombre, vous ne pouvez pas la rater…

Avant de quitter l'accueil, Boris Corentin adressa son sourire le plus ravageur à la petite rouquine :

– Si jamais je la rate, ça me fera une bonne raison pour revenir vous voir !

Il eut l'impression fugace que cette perspective n'était pas faite pour déplaire à la jeune hôtesse…

Il trouva sans encombre la porte en question. Au moment où il allait y frapper, elle s'ouvrit. Sur un homme d'environ quarante-cinq ans, peut-être un peu plus, de la même taille que lui, plutôt massif, le visage carré, mais avec quelque chose de fuyant dans ses petits yeux à la couleur imprécise. Il était vêtu d'un pantalon de lin gris foncé, d'une chemise verte à col ouvert, par-dessus laquelle il portait une blouse blanche non boutonnée. De sa personne émanait un je-ne-sais-quoi d'autoritaire, de sûr de son pouvoir, qui fit penser à Corentin qu'il se trouvait précisément en face du patron de clinique qu'il venait voir.

– Docteur Soliveau ? demanda-t-il, avec une légère inclinaison de la tête. Je suis Boris Corentin…

Il eut la fugitive impression qu'un petit nuage de contrariété passait devant les yeux de son interlocuteur. Qui arbora aussitôt un sourire cordial :

– Ah ! oui, très bien ! Écoutez, c'est l'heure où je fais la tournée de mes patientes : si vous voulez la faire avec moi, mon assistante va vous passer une de mes blouses. Apparemment, nous sommes *grosso modo* de la même taille, n'est-ce pas ?

Sortit alors du bureau une femme qui laissa Corentin pantois durant une seconde ou deux.

Elle était brune, avec de longs cheveux épais noués en un vague chignon. Avec un menton légèrement en galoche, une bouche mince et un nez très busqué, son visage avait quelque chose de dur, presque de menaçant. L'impression était accentuée par le fait qu'elle était très grande, massive, très carrée d'épaules.

Malgré tout, et bien qu'elle soit tout sauf belle, il se dégageait d'elle une impression de sensualité très forte, un peu sauvage. Sans doute à cause de son fessier gigantesque et de ses seins qui avaient la taille et la fermeté de deux gros melons oblongs. Et aussi de son regard, noir et brûlant, qui vous enveloppait et semblait vous décortiquer littéralement.

– Mademoiselle Woodyard, fit le docteur Soliveau, sans même se tourner vers elle, voulez-vous donner une blouse à monsieur Corentin, qui va nous accompagner durant la visite, je vous prie…

L'infirmière disparut à nouveau dans le bureau et en revint avec le vêtement demandé, que Boris se dépêcha d'enfiler, avant de rejoindre le docteur Soliveau : celui-ci, sans prendre la peine de l'attendre, était déjà au milieu du couloir…

Tous les trois, le docteur, l'infirmière et lui, empruntèrent le couloir de droite, sur lequel donnaient six portes, disposées en quinconce.

– La stimulation monitorée de Madame Lefort a bien été faite ? demanda Philippe Soliveau, sans cesser d'avancer à grandes enjambées.

– Il y a exactement 36 heures, comme vous l'aviez prescrit, répondit Elizabeth Woodyard, en consultant rapidement le porte-feuilles de plastique dur qu'elle tenait à la main gauche. Ainsi que l'injection d'1170/hCG. Elle est prête pour l'intervention…

Philippe Soliveau se tourna vers Corentin avec un petit sourire légèrement condescendant :

– Tout ça doit vous paraître du chinois, n'est-ce pas ? Sachez que, pour accroître les chances d'une grossesse par IIU – insémination intra-utérine –, on pratique, 36 heures avant, ce qu'on appelle une stimulation monitorée. C'est-à-dire des dosages hormonaux et des échographies, afin de surveiller l'apparition et le développement d'un seul follicule ovarien. Ceci afin de limiter au maximum les risques d'une grossesse multiple, comme cela arrivait fréquemment avant. Quand ce follicule est mûr, on déclenche l'ovulation au moyen d'une injection. Ensuite, il n'y a plus qu'à injecter le sperme du donneur dans la cavité utérine, au moyen d'une fine canule, et le tour est joué ! À condition, évidemment, d'avoir assuré la présence d'un nombre suffisant de spermatozoïdes, c'est-à-dire jamais moins de cinq cent mille…

Il se tourna vers son infirmière :

– Madame Gonçalves est arrivée ?

– Oui, Docteur : elle est dans la chambre 8…

– Très bien ! On va pouvoir déclencher l'hyperstimulation ovarienne, occupez-vous-en tout de suite. Faites-lui une injection à dose normale de gonadotrophine chorionique, et venez me prévenir quand ce sera fait…

L'infirmière disparut à une bifurcation du couloir, tandis que Philippe Soliveau ouvrait l'une des portes. Il pénétra dans une chambre claire et spacieuse, et Corentin aperçut une femme blonde d'une trentaine d'années, à demi assise dans son lit, les traits tirés et le teint pâle.

– Eh bien ! madame Lamberteaux ! s'exclama le docteur Soliveau, avec cet entrain un peu forcé qu'ont presque toujours les médecins quand ils s'adressent à leurs patients. Tout s'est bien passé, on dirait ? Vous avez bien dormi ? Vous dites ? Vous vous sentez courbatue ? Ah ! ça, c'est le confort approximatif des lits de clinique, que voulez-vous ! Une bonne nuit chez vous, dans votre lit, et il n'y paraîtra plus, croyez-moi ! Bon, je dis à l'infirmière de préparer vos papiers de sortie. Et n'oubliez pas que je vous vois en consultation dans deux semaines, hein ! D'ici là, ne vous souciez de rien. Bonne journée, madame Lamberteaux !

– Elle a été inséminée hier… indiqua le médecin à Corentin, en ressortant de la chambre. Ça a beau être une intervention somme toute bénigne, elles sont toujours plus ou moins inquiètes. Je les comprends, remarquez…

Le médecin visita encore trois autres patientes, en coup de vent, Boris sur ses talons. Qui commençait à en avoir marre de jouer les « suiveurs » comme ça…

Enfin, comme par miracle, sans que Corentin ait pu mémoriser les couloirs qu'ils avaient empruntés, les deux hommes se retrouvèrent devant la double porte sombre du bureau du patron de la clinique.

Soliveau l'ouvrit et entra, faisant signe à Corentin de le suivre. Celui-ci découvrit une grande pièce lumineuse, dont les larges fenêtres offraient une vue imprenable sur le parc. Au fond, on distinguait le manoir anglais repéré par Boris en arrivant.

– Mon domicile privé, indiqua Philippe Soliveau, avec un petit sourire satisfait. Habiter à moins de deux cents mètres de son lieu de travail, c'est ça le vrai luxe, mon cher ! Mais, je vous en prie, asseyez-vous, ajouta-t-il, en désignant le petit coin salon, qui comportait trois fauteuils de cuir noir montés sur des tubulures chromées, disposés autour d'une table basse en verre fumé. Je nous sers quelque chose ? J'ai ici un excellent *single malt*...

Boris Corentin refusa le whisky proposé d'un geste de la main gauche. En revanche, comme Philippe Soliveau venait de prendre un petit cigare dans l'un des tiroirs de son grand bureau, il s'autorisa une cigarette.

– Je voulais vous parler d'une de vos patientes, qui est venue nous trouver, au quai des Orfèvres, dit-il, tandis que le docteur s'asseyait en face de lui. Madame Nathalie Chambrun, le nom vous dit quelque chose ?

Ce fut très bref, à peine perceptible.

Mais Boris Corentin eut vraiment l'impression qu'un éclair de peur avait fugitivement zébré le regard clair du médecin. Qui reprit aussitôt son air naturel, pour répondre :

– Madame Chambrun ? Naturellement, voyons ! Je l'ai inséminée moi-même il y a une quinzaine de jours. Et nous avons eu le bonheur que ça marche du premier coup, ce qui n'arrive que dans environ vingt pour cent des cas, vous savez. Et pourquoi donc est-elle allée voir la police, cette chère Madame Chambrun ?

Brusquement, Boris Corentin se sentit un peu gêné de sa démarche. Là, confortablement installé dans ce bureau spacieux et clair, en face de ce médecin qui semblait tout à fait intelligent et ouvert, plutôt sympathique même, il avait soudain l'impression de s'être emballé pour rien et d'être vaguement ridicule. Mais, évidemment, il ne pouvait plus être question de reculer…

En refoulant le soupir qui lui était monté spontanément aux lèvres, Boris Corentin entreprit d'exposer au docteur Soliveau, aussi brièvement que possible, de quel genre de traitement pour le moins étrange Nathalie Chambrun se plaignait d'avoir été la victime, lors de sa nuit à la clinique du Val d'Or.

À sa grande surprise, il voyait le visage de Philippe Soliveau s'assombrir, à mesure qu'il avançait dans son récit.

Lorsqu'il eut terminé, le médecin haussa les épaules et poussa un gros soupir.

– Malheureusement, dit-il, ce que vous me racontez là ne fait que me confirmer ma première impression…

– Votre première impression, docteur ? et à quel sujet, je vous prie ?

– Au sujet de Madame Chambrun, bien sûr. Dès notre premier rendez-vous, ici même, dans ce bureau, j'ai tout de suite senti à quel genre de femme j'avais affaire : le genre excessivement émotif, pour ne pas dire exalté. Nathalie Chambrun, sous des dehors pondérés, a des nerfs hyper sensibles. C'est une personne fragile… psychologiquement, je veux dire. Mais, évidemment, ce n'était pas une raison pour leur refuser le droit d'avoir un enfant, à son mari et à elle. Bien que, personnellement, je ne trouve pas que Madame Chambrun soit une femme suffisamment équilibrée, suffisamment saine d'esprit pour faire une bonne mère.

Enfin…

Le médecin écrasa son cigare à demi fumé dans le cendrier de cristal qui trônait au centre de la table basse, avant de poursuivre :

– Alors, Monsieur Corentin, vous comprendrez que, dans ces conditions, ce que vous me racontez, au sujet d'un prétendu viol collectif, ne me surprend pas plus que ça, hélas. Et je passerai charitablement sur l'histoire des *extraterrestres*, bien entendu…

Boris Corentin garda le silence. Ce que le médecin était en train de lui faire comprendre à demi-mot, c'est qu'il considérait son ancienne patiente comme à moitié folle. Et, évidemment, l'intervention des extraterrestres dans le récit de Nathalie Chambrun plaidait plutôt en faveur de sa thèse, il fallait le reconnaître…

– Lors de ce premier rendez-vous dont vous venez de me parler, le mari de Nathalie Chambrun l'accompagnait ? demanda-t-il.

– Bien sûr ! répondit Philippe Soliveau. Dans le cas des femmes mariées, je demande toujours à ce qu'elles viennent avec leur mari. Ça me permet de me faire une meilleure idée de ce qu'ils souhaitent, de leurs attentes, etc.

– Et bien que vous ayez découvert une certaine instabilité mentale chez elle, vous avez quand même accepté de pratiquer une insémination artificielle ? insista Boris.

Les sourcils du médecin se froncèrent imperceptiblement et une petite rougeur vint colorer ses pommettes.

– Et qu'est-ce que vous vouliez que je fasse ? Monsieur Corentin ? demanda-t-il, sur un ton un peu moins aimable. Qu'est-ce que j'aurais dû leur dire, à votre avis ? « Monsieur Chambrun, votre épouse est à moitié folle, par conséquent j'ai décidé de vous priver de l'enfant que vous désirez avoir tous les deux » ? Notez, en plus, que, dans ce cas, ils seraient évidemment allés voir ailleurs, et au besoin chez des gens moins performants et sûrs que nous ne le sommes, à la clinique du Val d'Or… ainsi qu'on vous le confirmera un peu partout, y compris au Conseil de l'Ordre des médecins !

Boris Corentin comprit que la conversation était en train de tourner à l'aigre, et que la prolonger ne servirait à rien. D'autant plus qu'il ne voyait pas vraiment *comment* la prolonger.

L'espace d'une seconde ou deux, il vit se dessiner devant ses yeux le sourire un peu narquois d'Aimé Brichot, lorsqu'il lui raconterait son entrevue avec le Docteur Soliveau…

Il se leva avec un petit sourire contrit :

– Eh bien, docteur, il me reste à vous remercier de m'avoir reçu, malgré un emploi du temps que j'imagine chargé. Mais, vous savez, tout vérifier, en cas de plainte, fait partie de notre travail, à nous autres policiers…

Philippe Soliveau retrouva instantanément son calme et son sourire cordial :

– Mais bien entendu, voyons ! J'ai été ravi de pouvoir dissiper ce malentendu un peu navrant…

Il raccompagna Corentin jusqu'à la porte et lui souhaita une bonne journée, sur un ton où un certain soulagement était perceptible.

Au tournant du couloir, Boris faillit se heurter à la silhouette massive d'Elizabeth Woodyard et ne l'évita que de justesse. L'espace d'une seconde, leurs regards se rencontrèrent, et il eut l'impression d'y lire quelque chose comme une sourde hostilité. Ils n'échangèrent pas la moindre parole et Corentin continua son chemin en direction du hall.

Avec la sensation bizarre et désagréable que, derrière lui, tel un double laser acéré et brûlant, les petits yeux froids de l'infirmière s'efforçaient de lui transpercer le dos…

CHAPITRE IV

– Bon, maintenant qu'on sait que la tuile va tomber, qu'est-ce qu'on fait pour ne pas se la prendre sur le coin de la figure, à votre avis ?

La question posée par Alexandre Siniac fut accueillie par un silence épais, uniquement troublé par le crépitement de la pluie contre la grande baie vitrée donnant sur le parc.

Philippe Soliveau, vautré dans le canapé de cuir fauve adossé à la grande bibliothèque murale, se leva et, d'une démarche nerveuse, traversa le petit salon d'angle, pour aller se resservir une généreuse dose de whisky *single malt*, au petit bar de bois précieux situé à droite de la porte d'entrée.

Elizabeth Woodyard était assise dans l'un des profonds fauteuils assortis au canapé, les jambes croisées, le visage parfaitement calme.

– Docteur, vous ne pensez pas que vous avez assez bu comme ça pour ce soir ? fit-elle observer sur un ton parfaitement tranquille, presque froid.

Soliveau se contenta de hausser les épaules et, comme par défi, avala d'un trait la moitié de l'alcool ambré qu'il venait de se servir. Puis, il alla se planter devant la baie vitrée et fit mine de s'absorber dans la contemplation des grands arbres du parc, comme si la conversation ne le concernait pas.

Aussitôt après la visite de ce policier de la Brigade mondaine, Boris Corentin, il avait évidemment mis Elizabeth Woodyard au courant de ce qui se passait.

À savoir l'incident Nathalie Chambrun.

Ensemble, ils avaient décidé de tenir, le soir même, un « conseil de guerre » restreint, et Soliveau avait demandé à Alexandre Siniac de passer au manoir.

Parmi les membres fondateurs de la Guilde, le banquier Siniac était celui en qui Soliveau avait le plus confiance, dont il se sentait le plus proche. C'était aussi celui, d'après lui, qui avait l'esprit le plus clair et la capacité de décision la plus développée.

Bref, en cas de tempête soudaine, ce qui était précisément le cas aujourd'hui, c'était un homme qui pouvait se révéler infiniment précieux.

– Comment est-ce que ça peut être possible ? demanda justement Alexandre Siniac, sur un ton agacé. Comment est-ce que cette fille peut avoir gardé le souvenir de ce qui s'est passé cette nuit-là, dans la chambre de la Belle au bois dormant ? Vous aviez pourtant affirmé que c'était rigoureusement impossible, non ?

Elizabeth Woodyard décroisa lentement les jambes, pour les recroiser dans l'autre sens. Dévoilant au passage sa cuisse blanche et massive.

– Quelle importance, de savoir le comment du pourquoi ? demanda-t-elle d'une voix parfaitement maîtresse d'elle-même, avec cette pointe d'accent anglais dont elle n'était jamais parvenue à se défaire.

– Comment ça : quelle importance ? sursauta Siniac. Mais c'est capital ! Je vous rappelle que, pas plus tard qu'hier soir, nous avons remis ça avec une autre ! Et si, elle aussi, se met à avoir des souvenirs de ce que nous lui avons fait subir ? C'est pour le coup que les flics vont mettre leur nez dans nos petites affaires, je vous le dis !

Philippe Soliveau se détacha de la baie vitrée et revint s'affaler dans son canapé, son verre à la main.

– Le fait est, commença-t-il, d'une voix mal assurée, que ça pose un vrai problème. En ce qui concerne Nathalie Chambrun, j'ai bien réfléchi à la question et je ne vois qu'une seule explication plausible : qu'on ait commis une erreur dans le dosage des différentes substances entrant dans la composition de son cocktail…

– « On », c'est-à-dire moi ! siffla l'infirmière entre ses dents. Merci de me faire porter le chapeau, *docteur* !

Elle avait appuyé ironiquement sur le mot « docteur », mais Soliveau préféra ignorer son interruption, et poursuivit sur sa lancée :

– C'est d'ailleurs une explication plutôt rassurante, en fin de compte…

– Ah ! tu trouves ? ironisa Siniac, un mauvais petit sourire aux lèvres.

– Bien sûr ! répondit le médecin, en se tournant vers lui. S'il s'agit d'une simple erreur – et peu importe de qui… –, il n'y a donc aucune raison pour qu'elle se soit reproduite hier, avec Stéphanie Lamberteaux. Donc, nous sommes tranquilles de ce côté-là. Maintenant, évidemment, pour ce qui concerne Nathalie Chambrun…

– Nous sommes *également* tranquilles de ce côté-là ! trancha Elizabeth sur un ton abrupt.

– Qu'est-ce que vous voulez dire ? demanda Alexandre Siniac, les sourcils froncés.

– Réfléchissez un peu, tous les deux, soupira l'infirmière, avec un léger haussement d'épaules. Qu'est-ce qui s'est passé, au fond ? Une des patientes de la clinique est allée trouver les flics pour leur raconter une histoire délirante de viol collectif *par des extraterrestres* ! Par acquit de conscience, l'un de ces flics est venu faire un tour à la clinique, bon. Et après ? Il est très probablement reparti d'ici convaincu d'avoir eu affaire à une folle, ou tout au moins à une exaltée. Affaire classée ! Et je suis bien certaine que, à mesure que sa grossesse va se développer, Nathalie Chambrun elle-même va s'habituer à considérer ça comme un simple cauchemar, et elle n'y pensera plus. Non, vraiment, je vous jure que vous avez tort de vous faire de la bile : tout ça n'est pas sérieux…

– Pas sérieux, pas sérieux : c'est vite dit, quand même… murmura Philippe Soliveau, en vidant le reste de son verre de whisky. Il y a tout de même un problème emmerdant. Très emmerdant, même…

– Qu'est-ce que tu veux dire ? aboya nerveusement Siniac, qui s'était levé de son fauteuil et arpentait le salon-bibliothèque en long et en large, le front baissé vers le parquet qui craquait sous ses pas.

– Je veux dire ceci, répondit Soliveau : admettons que le flic qui est venu me trouver décide de pousser un peu plus loin ses investigations…

– En quoi faisant ? le contra Elizabeth.

– Eh bien ! par exemple, en persuadant Nathalie Chambrun de faire réaliser un test génétique sur le fœtus qu'elle porte. Il ne lui sera pas très difficile, ensuite, pour peu qu'un quelconque procureur lui en donne les moyens légaux, de s'apercevoir que le génotype du futur bébé ne correspond pas à celui du donneur officiel !

– Et, s'il veut pousser encore plus loin, il pourra même établir que c'est l'un de nous le vrai père de ce putain de môme ! explosa Alexandre Siniac, en passant une main nerveuse dans ses cheveux blonds, aussi fins que ceux d'une jeune fille. Tu as raison, Philippe : il faut prendre des mesures radicales. Et vite, encore ! Cette fille est une bombe amorcée, qui peut nous péter à la gueule à n'importe quel moment ! Il faut à tout prix la désamorcer…

– Et la désamorcer comment ? interrogea Elizabeth Woodyard, avec un petit sourire de mépris.

– C'est vrai, ça, renchérit Philippe Soliveau : qu'est-ce que tu proposes, au juste ?

Alexandre Siniac allait répondre, lorsqu'il se produisit un remue-ménage derrière la porte du salon.

Comme un raclement d'acier le long du mur du couloir.

Une seconde ou deux plus tard, la porte s'ouvrit assez brutalement, allant cogner contre le montant de la bibliothèque qui se trouvait derrière.

Et un fauteuil roulant d'infirme apparut.

Dès qu'il le vit, Philippe Soliveau bondit sur ses pieds, cacha précipitamment son verre vide derrière la statuette de bronze qui se trouvait sur le guéridon à sa droite, et se précipita vers le nouvel arrivant.

Ou, plutôt, vers la nouvelle arrivante.

Car le fauteuil d'infirme était occupé par une femme brune, dont les cheveux étaient ramenés sur la nuque en un chignon sévère. Elle ne devait pas avoir plus de trente-cinq ans, mais l'expression lasse de son visage, ses joues creuses et ses yeux légèrement tombants la faisaient paraître plus âgée. Impression accentuée par le fait qu'elle se tenait comme recroquevillée dans son fauteuil électrique, la poitrine rentrée entre les épaules recouvertes d'un châle mauve.

Mais, de plus près, on pouvait s'apercevoir que son corps paralysé avait des proportions quasi parfaites, et que les traits de son visage ovale étaient empreints d'une certaine sensualité ne demandant qu'à s'exprimer.

– Bernadette, ma chérie, mais qu'est-ce que tu fais encore debout, à cette heure ? s'exclama Philippe Soliveau, d'un ton trop empressé, presque servile, en se précipitant vers l'infirme, pour se jeter littéralement à ses genoux enveloppés dans une couverture écossaise.

La dénommée Bernadette eut un pâle sourire, et répondit d'une voix morne, presque totalement détimbrée :

– Le mot « debout », en ce qui me concerne, me paraît tout à fait malencontreux, mon cher et tendre époux !

Philippe Soliveau tressaillit violemment et s'écarta de sa femme, comme si une guêpe venait de le piquer.

– Pardon, ma chérie ! bafouilla-t-il, avec un petit sourire veule. C'était juste une expression... Comme ça...

Mais Bernadette Soliveau n'écoutait déjà plus son mari. Elle avait tourné la tête vers Alexandre Siniac. En le reconnaissant, son regard noir, profond, admirable, se teinta d'un mépris si fort qu'il était impossible de ne pas le remarquer. La jeune femme détourna ostensiblement la tête pour diriger ses regards vers Elizabeth Woodyard.

Aussitôt qu'ils enveloppèrent la silhouette massive et sensuelle de l'infirmière, ses yeux prirent une expression plus alanguie et un sourire furtif se dessina sur ses lèvres pâles, mais parfaitement ourlées :

– Mademoiselle Woodyard, il se fait tard et j'aimerais bien que vous veniez m'aider à faire ma toilette et à me mettre au lit, je vous prie... dit-elle d'une voix nettement plus douce que celle qu'elle avait prise pour parler à son mari.

Aussitôt, Elizabeth se leva de son fauteuil et se dirigea vers le fauteuil roulant. Elle avait machinalement repris son sourire professionnel, vide et rassurant, celui qu'elle affichait toujours, dès qu'elle s'adressait à un malade.

– Nous y allons tout de suite, Madame. Je vous prie de m'excuser : je n'avais pas vu passer l'heure…

– Forcément, répliqua aussitôt Bernadette Soliveau, d'une voix plus tranchante, presque sèche. Quand on poursuit une conversation aussi intéressante que celle que vous deviez avoir avec ces messieurs…

Un silence de plomb accueillit ses paroles, et on n'entendit plus, outre le crépitement de la pluie, que le léger chuintement des pneus du fauteuil roulant sur le parquet, avant de disparaître du salon.

– Tu crois qu'elle a entendu ce que nous étions en train de dire ? demanda Alexandre Siniac, lorsque les deux femmes eurent disparu dans le couloir.

Philippe Soliveau ne répondit pas. Ses yeux restaient scotchés sur la porte lambrissée qui venait de se refermer avec un claquement net.

Sa femme lui inspirait toujours une sorte de terreur presque superstitieuse, c'était plus fort que lui. Dès qu'elle apparaissait – toujours sans prévenir et sans qu'on l'ait entendue arriver, tel un spectre –, il se sentait comme tétanisé, pris en faute. Saisi tout entier par un œil d'autant plus accusateur qu'il semblait tout à fait indifférent.

Il n'en avait pas toujours été ainsi. Avant, dans une autre vie, Bernadette avait été une jeune femme merveilleusement belle, vive et gaie, sensuelle et amoureuse.

Et, accessoirement, en tant que fille unique de

Sylvain d'Halicourt, l'un des plus gros agents de change de Paris, immensément riche.

À l'époque, onze ans plus tôt, Philippe Soliveau n'avait eu aucun mal à se persuader qu'il épousait Bernadette d'Halicourt par amour, et non pour sa fortune personnelle ou pour ses « espérances ». Il n'empêche que c'est avec son argent à elle qu'il avait pu ouvrir la clinique du Val d'Or.

Clinique qui, d'ailleurs, appartenait à cent pour cent à Bernadette, et dont il n'était que le directeur.

Le jour de l'inauguration du Val d'Or, Philippe Soliveau, le brillant médecin, était donc devenu, *de facto*, l'employé de sa propre épouse.

Mais quelle importance ? Ils étaient jeunes tous les deux, et ils s'aimaient…

Tout avait basculé à la suite de l'accident de cheval qui, quatre ans plus tôt, avait cloué Bernadette dans son fauteuil roulant, le corps presque entièrement paralysé.

Pour le restant de ses jours.

De ce jour, elle lui avait interdit la porte de sa chambre, pour commencer. Plus grave, elle lui avait également fermé les portes de son esprit. Bernadette était devenue cette statue de chair morte, presque toujours silencieuse, énigmatique, vaguement effrayante.

Et son regard, la partie la plus mobile de son être, avait pris une intensité et une fixité qui faisaient peur à son mari.

Les choses s'étaient un peu arrangées, deux ans après l'accident, lorsque Elizabeth Woodyard avait fait irruption dans sa vie. Ou plutôt : dans leurs vies.

Car, après avoir « usé » un nombre incalculable de gardes-malades, qui ne lui convenaient jamais, Bernadette était littéralement tombée sous le charme de l'Anglaise, au point de ne plus pouvoir s'en passer et d'exiger qu'elle soit désormais la seule personne à s'occuper d'elle, pour tous les gestes de la vie quotidienne qu'elle ne pouvait plus accomplir seule.

– Non, finit par soupirer Philippe Soliveau, en se détournant avec effort de la porte fermée, je ne pense pas qu'elle ait entendu quoi que ce soit. De toute façon, je pense vraiment qu'elle se moque de ce que je peux dire ou faire…

– Espérons… grommela Alexandre Siniac, qui avait toujours éprouvé une répulsion instinctive pour la femme de son ami, y compris avant son accident.

Les mêmes interrogations tournaient dans le cerveau d'Elizabeth Woodyard, tandis qu'elle poussait le fauteuil roulant de Bernadette Soliveau, le long du couloir conduisant au grand hall d'entrée du manoir.

L'épouse du docteur Soliveau se taisait, augmentant encore la pénible sensation de malaise qui avait envahi l'infirmière, en la voyant surgir dans le salon.

Lorsque son patron lui avait demandé de devenir la garde-malade de nuit de sa femme, Elizabeth avait longuement hésité. Bernadette la mettait mal à l'aise, elle qui n'avait jamais eu peur de rien, ni surtout de personne. Mais, finalement, Philippe Soliveau avait su trouver l'argument décisif :

– Comme ça, vous aurez une excellente raison pour vous installer à demeure au manoir. Et nous ne serons plus séparés… même la nuit !

Elizabeth Woodyard avait tout de suite vu l'avantage d'un tel arrangement. Partager l'intimité de son patron vingt-quatre heures sur vingt-quatre devrait lui permettre de raffermir l'emprise qu'elle commençait, à cette époque, d'avoir sur lui. Ce qui ne pouvait avoir que des avantages : les époux Soliveau étaient très riches, elle n'avait elle-même aucune fortune personnelle, il ne fallait donc pas insulter l'avenir…

L'Anglaise n'avait eu qu'à se féliciter d'avoir dit oui à son patron. Surtout lorsque, au bout de quelques semaines, elle avait compris à quel point Bernadette Soliveau était devenue dépendante d'elle. Et pas seulement pour les soins que nécessitait son état…

Elizabeth fit entrer le fauteuil dans l'ascenseur intérieur, que Philippe Soliveau avait fait installer dans le hall, entre les deux volées de marches du grand escalier de marbre, à la suite de l'accident de sa femme.

Au premier étage, elle le poussa vers le couloir de droite, au bout duquel se trouvaient les appartements de Bernadette : un petit salon et une chambre donnant sur le devant du manoir, ainsi qu'une grande salle de bain carrelée en bleu et blanc, à la façon des *azulejos*[1] portugais. C'est directement vers cette salle de bain que l'infirmière dirigea le fauteuil roulant. La pièce,

1. Décoration murale – que l'on trouve aussi en Espagne –, faite de carreaux de faïence blanche, décorés de motifs figuratifs bleus.

aux murs magnifiquement décorés, était occupée en son centre par une immense baignoire ovale, plus basse que le sol, à laquelle on accédait par trois marches larges et très peu hautes. Le fond en avait été modelé pour que l'infirme puisse s'y tenir assise sans risquer de glisser à droite ou à gauche.

Plus à droite, se trouvait une sorte de table à langer, mais construite aux dimensions d'un adulte, fixée sur un gros vérin, lui-même jaillissant du sol, qui permettait de la monter et de la descendre à volonté.

Il régnait dans la pièce une chaleur presque suffocante, immobile et moite : depuis son accident, Bernadette Soliveau était devenue très frileuse.

– Je crois qu'un bon bain me fera du bien… murmura la jeune femme, en levant vers son infirmière des yeux presque implorants, tandis qu'un pauvre sourire se dessinait sur ses lèvres pâles. Vous voulez bien ?

Elizabeth ne prit pas la peine de répondre à cette espèce de prière, faite d'une voix sourde et ardente. Elle saisit l'infirme sous les bras et au niveau des genoux, avant de la soulever du fauteuil sans le moindre effort apparent.

Aussitôt, Bernadette se serra contre elle et noua ses bras autour de son cou puissant. À côté du corps massif et dur de l'infirmière, celui de la paralytique semblait être d'une petite fille…

Avec des précautions quasi maternelles, Elizabeth déposa son fardeau vivant sur la table de soins. Ses gestes se firent encore plus doux, aériens, presque immatériels, pour débarrasser l'infirme de ses vêtements. La jupe bleu marine d'abord, puis le chemisier blanc, boutonné jusqu'au cou, ensuite les bas de couleur sombre.

Lorsqu'elle apparut en culotte et soutien-gorge blancs, Bernadette rougit comme une collégienne et coula un long regard à la fois timide et hardi à son infirmière.

Comme presque à chaque fois qu'elle la déshabillait, et malgré l'habitude qu'elle en avait, Elizabeth fut surprise de constater à quel point le corps de sa patiente était resté jeune, ferme, harmonieusement proportionné et comme gonflé d'une sève qui ne demandait qu'à s'exprimer.

Simplement, les ressorts permettant de le mouvoir en étaient irrémédiablement brisés, mais l'enveloppe charnelle était intacte.

Bernadette se laissa docilement retirer son soutien-gorge. Deux seins modestes apparurent, et Elizabeth eut un petit sourire en constatant que les pointes roses en étaient pleinement érigées.

Elle les effleura du bout des doigts, juste pour le plaisir de faire frissonner Bernadette. Puis, elle fit glisser la petite culotte de dentelle blanche le long de ses jambes mortes, faisant apparaître le triangle sombre et frisé qui ombrait le bas de son ventre.

Là encore, comme par jeu, sans paraître s'apercevoir du trouble qu'elle faisait naître, elle laissa ses doigts errer à la lisière de cette petite forêt impeccablement taillée. Ce fut comme si une décharge électrique parcourait tout le corps de Bernadette, qui laissa un court gémissement franchir le seuil de ses lèvres entrouvertes.

Elizabeth s'éloigna quelques instants, le temps d'aller actionner le robinet mélangeur du bain à remous. Lorsqu'elle revint vers la table de soins, Bernadette la dévorait du regard, le souffle court.

Quand elle la prit dans ses bras pour la soulever, l'infirme noua ses mains derrière son cou et plaqua sa poitrine contre la sienne, avec une sorte de violence muette.

En même temps, elle avança la tête pour venir blottir son visage dans le cou de son infirmière. Qu'elle embrassa, puis mordit, avec un emportement passionné.

– Vous me faites mal… murmura Elizabeth, mais d'une voix douce et sans chercher à se soustraire aux lèvres et aux dents qui prenaient possession de sa peau délicate.

En même temps, tout en marchant vers la grande baignoire à demi pleine, elle avait fait remonter sa main du creux des genoux jusqu'aux fesses menues mais fermes de Bernadette. Qui frissonna lorsque les doigts de l'infirmière, sous prétexte de raffermir leur prise sur le corps inerte, s'insinuèrent dans le fin sillon qui les séparait.

– Elizabeth, vous êtes une fille effrontée ! souffla Bernadette d'une voix qui se voulait pleine de reproches. Effrontée et vicieuse…

Mais, en même temps qu'elle disait ça, elle cambrait les reins pour permettre aux doigts habiles de l'Anglaise de s'insinuer plus profondément en elle.

Elizabeth la déposa délicatement dans la baignoire. Puis, elle remonta les trois marches et entreprit de quitter ses propres vêtements, sous le prétexte officiel qu'elle ne voulait pas les éclabousser d'eau savonneuse, en lavant sa patiente.

À mesure que les vêtements tombaient sur le carrelage, les yeux de Bernadette s'écarquillaient, son visage devenait écarlate et son souffle plus rauque.

Lorsque Elizabeth fut entièrement nue à son tour, elle resta un long moment immobile, souriante, se laissant admirer, s'offrant complaisamment au désir qu'elle lisait dans les grands yeux sombres de Bernadette.

Puis, lentement, elle descendit à son tour dans la baignoire pleine d'eau mousseuse.

– Et maintenant, passons aux choses sérieuses... murmura-t-elle, en s'agenouillant près de sa patronne, dont les bras se tendirent vers elle.

Pendant ce temps, dans le salon, les deux hommes avaient continué à boire.

– Elle est bien gentille, notre « fée Carabosse », grommelait Alexandre Siniac, en désignant d'un geste vague la porte par laquelle Elizabeth Woodyard avait disparu quelques minutes plus tôt, poussant le fauteuil de la maîtresse de maison. N'empêche que je trouve son insouciance dangereuse. Dangereuse pour nous tous, je veux dire !

– Il faut toujours que tu exagères ! protesta mollement

Philippe Soliveau, d'une voix que le whisky commençait à rendre un peu pâteuse.

– Ah ? Tu trouves vraiment ? répliqua Siniac, qui semblait de plus en plus nerveux. Il y a cette fille, dans la nature, qui peut nous faire plonger à n'importe quel moment, sans compter ce flic qui est venu fouiner ici, et tu trouves que j'exagère ? Mais vous êtes tous inconscients, ou quoi ? Non, je te dis qu'il faut faire quelque chose, moi !

Soliveau eut un geste vague de la main droite, celle qui tenait sa cigarette à demi fumée :

– Et faire quoi ? Il n'y a rien à faire, mon vieux... Et puis, Elizabeth a raison : cette histoire de cauchemar va retomber d'elle-même, comme un soufflé trop cuit...

Alexandre Siniac ne répondit rien. Il reposa son verre un peu trop brusquement sur le petit bar et se dirigea à grands pas vers la porte du salon.

– Tu t'en vas déjà ? demanda mollement Philippe Soliveau, sans faire mine de bouger du canapé sur lequel il était à moitié allongé.

– Oui, j'ai encore des choses à faire, avant de me coucher, répondit Siniac, en ouvrant la porte d'un geste un peu trop brusque.

Il sortit rapidement, sans attendre la question suivante du médecin.

Simplement parce qu'il n'avait aucune envie de le mettre au courant de la décision qu'il venait de prendre, afin de désamorcer la bombe Nathalie Chambrun.

De la désamorcer une bonne fois pour toutes.

CHAPITRE V

Durant le court trajet séparant la clinique du Val d'Or de sa propriété de Rueil-Malmaison, Alexandre Siniac garda les deux mains crispées sur le volant de sa Jaguar XJ 12, les mâchoires serrées et le regard braqué sur la route, sans rien voir de ce qui pouvait se passer autour de lui.

La pluie qui continuait de tomber, régulière et drue, formait comme un fin rideau hachuré dans le double halo blanc de ses phares ronds. Il était un peu plus de dix heures et demie, la nuit était complètement tombée. Vu le temps pourri, les rues de cette banlieue essentiellement résidentielle étaient à peu près désertes.

Lorsque Siniac arriva devant la grille de sa propriété, une grande villa « début de siècle » surplombant un parc de deux hectares, bordé au fond par une rivière, il eut l'impression qu'il venait à peine de quitter Le Vésinet, tellement il avait été absorbé par ses pensées durant tout le trajet.

Il baissa sa vitre et tendit le bras à l'extérieur pour actionner l'ouverture automatique de la grille, au moyen d'un petit boîtier de bakélite grise.

Sa première intention avait été de remonter l'allée en direction de la villa, une bâtisse allongée, construite sur deux niveaux, en pierres délicatement orangées séparées par des colombages blancs, dont une partie de l'étage supérieur était mansardée dans le toit de petites tuiles plates.

Maison où le banquier, célibataire résolu, vivait seul depuis la mort de sa mère, trois ans auparavant.

Seulement, en passant à la hauteur de la maison de gardien, située dans un renfoncement de verdure, à gauche de la grille d'entrée, deux choses le frappèrent.

La première, c'est que la fenêtre correspondant à la chambre à coucher de Robert Malouin était éclairée.

La deuxième, c'était la présence, sur le côté de la petite maison carrée, construite en meulière, d'une voiture étrangère à la propriété. Une Twingo jaune vif.

« Voiture de femme… songea aussitôt Alexandre, en grinçant des dents malgré lui. Voiture de pute, même, devrais-je dire, connaissant ce bouc lubrique de Robert ! »

Robert Malouin était officiellement l'intendant du domaine, depuis près de six ans. Il avait cinquante-quatre ans, soit quinze de plus que Siniac.

Personne n'avait jamais bien su, au juste, même parmi ses plus proches amis, comment Alexandre Siniac, banquier respectable et d'excellente famille bourgeoise, avait fait la connaissance de Robert Malouin, ex-sous-officier de l'armée française, qui avait viré mercenaire dans les années quatre-vingt, participant à un certain nombre de coups tordus, en Afrique et ailleurs.

Lorsque le sujet venait sur le tapis, Philippe Soliveau prétendait que, grâce à ses relations d'affaires avec deux ou trois dictateurs d'Afrique centrale, Siniac avait évité de justesse au mercenaire de servir de petit-déj' aux crocodiles du fleuve Congo. Et que Malouin, désireux de se ranger des voitures, et reconnaissant par-dessus le marché, était alors entré à son service.

Toujours est-il que, depuis près de six ans, Robert Malouin était devenu l'homme à tout faire du banquier, avait su se rendre parfaitement indispensable.

Aux yeux d'Alexandre Siniac, l'ex-mercenaire était parfait. À une exception près toutefois : son goût plus que prononcé pour les femmes, et de préférence les prostituées vulgaires, à la sexualité agressive, qui faisaient frémir le délicat banquier de dégoût.

Et c'était à tous les coups l'une de ces créatures horribles qui se trouvait à présent avec Robert Malouin…

Brusquement, alors qu'il avait d'abord prévu de ne lui parler que le lendemain matin, Alexandre Siniac ressentit le besoin impérieux, presque violent, d'avoir immédiatement un entretien avec son intendant.

« Après tout, je le paie, et grassement encore ! songea-t-il, en se dirigeant vers la porte de la petite maison de gardien, après avoir rangé sa Jaguar sur le bord de l'allée. Il est à ma disposition, quelle que soit l'heure… »

Siniac frappa deux coups à la porte de bois, dont la peinture marron s'écaillait dans le haut et le long du chambranle. Mais deux coups si discrets, si furtifs, qu'il aurait fallu que l'occupant de la maison ait des oreilles de chat pour les entendre.

De fait, il ne se passa rien à l'intérieur, et, fort de ce silence, Siniac se crut autorisé à entrer.

Dès qu'il fut dans le petit couloir sombre, desservant les trois pièces principales du rez-de-chaussée, ses tympans furent frappés par un son caractéristique, qui le fit frissonner des pieds à la tête.

Des soupirs. Des soupirs de femme. Ou, plutôt que des soupirs, une sorte de ronronnement entrecoupé de halètements rauques et brefs.

Le sang battant à ses tempes, le banquier se dirigea à pas feutrés vers la porte sous laquelle filtrait un rai de lumière jaune. Celle de la chambre…

La porte en question avait été simplement repoussée et il eut juste à pousser légèrement le battant pour qu'elle s'entrouvre de quelques centimètres.

Le spectacle qu'il découvrit lui fit faire malgré lui un petit bond en arrière, et une grimace de dégoût se peignit sur sa bouche aux lèvres un peu trop molles, presque féminines dans leur dessin.

Robert Malouin se trouvait sur le lit, à genoux, entièrement nu. De la porte, Alexandre Siniac avait une vue imprenable sur son corps massif, musculeux, sur son dos large, ses fesses dures, et sur ses épaules carrées, envahies de longs poils noirs comme celles d'un gorille.

Devant l'intendant se tenait une fille blonde, à quatre pattes, croupe tendue vers le formidable membre qui allait et venait dans son intimité entièrement épilée.

Elle était outrageusement maquillée, avec des couleurs criardes et épaisses, son corps était un peu trop gras, un peu trop mou, et ses deux gros seins blancs ballottaient sous elle au rythme des coups de boutoir que lui assénait son partenaire, agrippé des deux mains à ses hanches.

Des mains comme jamais Siniac n'en avait vues auparavant. D'énormes battoirs carrés, aux doigts aussi gros que des saucisses de Toulouse, recourbés et durs comme des griffes de fauve, dont les phalanges disparaissaient presque complètement sous d'épaisses touffes de poils noirs et drus.

Des mains qui, depuis le premier jour, n'avaient cessé de fasciner Siniac, lui inspirant de la répugnance, mais aussi une certaine forme d'attirance coupable, contre laquelle il ne parvenait pas à lutter.

Il essaya de détourner ses regards, mais il en fut incapable. Des mains de son intendant, ses yeux avaient glissé jusqu'à sa croupe poilue, dont les muscles jouaient sous la peau, à chaque coup de boutoir qu'il donnait en ahanant.

Mais, surtout, il y avait cet extraordinaire pieu de chair brune qui allait et venait dans le ventre imberbe et largement ouvert de la fille. Une espèce de matraque noueuse, incroyablement veinée, d'une longueur et d'un diamètre comme Siniac n'aurait jamais pensé qu'il puisse en exister.

De l'entrée de la chambre, il pouvait voir les chairs intimes de la blonde se distendre, se dilater pour accueillir en elle ce pieu à peine humain. Elle tressautait sur le lit comme une poupée de chiffons désarticulée... mais semblait trouver le traitement à son goût, à en juger par son sourire extasié et les halètements de plus en plus rauques qu'elle laissait échapper de sa gorge déployée.

Mais Alexandre Siniac ne s'intéressait pas à cette créature qu'il trouvait atrocement vulgaire, répugnante même. Non, ce qui le fascinait, comme le mulot que le serpent va dévorer, c'était ce sexe énorme qui la pilonnait sans relâche. Lentement, puissamment, avec la régularité d'un monstrueux piston parfaitement huilé.

Il sentit qu'il devait absolument faire quelque chose pour mettre fin à la tension insupportable qui avait pris possession de tout son être, corps et esprit.

Comme il ne se sentait pas la force de quitter le seuil de la chambre où il se tenait immobile, tétanisé, à cause de cette verge quasiment envoûtante qui semblait le narguer, l'appeler, il choisit l'autre solution.

Il entra carrément dans la pièce et toussa bruyamment, à deux reprises.

Robert Malouin ne suspendit pas immédiatement le va-et-vient puissant de ses hanches. Il ralentit progressivement l'allure, comme un bateau dont on coupe les moteurs et qui continue de courir sur son erre.

Toujours collé à la croupe de sa partenaire, il se

contenta de tourner la tête, et ne sembla pas particulièrement ému de découvrir son patron dans sa chambre.

– Ah ! c'est vous... dit-il simplement, de sa voix étrangement fluette pour sa stature d'Hercule, comme on constate une évidence. Bougez pas : j'atterris en douceur...

Il repoussa sa partenaire sur le côté, sans ménagement, d'une claque sonore sur ses fesses un peu trop grasses et molles. La fille se laissa rouler sur le dos, avec un petit rire idiot, et resta dans cette position, jambes ouvertes, le ventre luisant, sans se soucier d'exposer ainsi son intimité au nouveau venu, dans une vision parfaitement obscène.

Avec une moue de dégoût, Alexandre Siniac détourna la tête de ce corps blanc, tout en rondeurs ; de ces deux gros seins un peu mous qui avaient roulé de chaque côté du torse, comme deux outres à moitié pleines.

Et, de nouveau, son regard rencontra le membre formidable de son intendant, encore en pleine érection, dont la tête rouge et luisante était pointée droit sur lui.

Debout au pied du lit, les mains sur les hanches, pas gêné du tout par sa nudité, Robert Malouin contemplait son patron avec un petit sourire sûr de lui. Sans même paraître remarquer l'incroyable matraque de chair noueuse qui jaillissait de son ventre envahi de poils noirs.

– Qu'est-ce que je peux faire pour votre service, Monsieur ? demanda-t-il, d'un ton un peu trop solennel, sous lequel la raillerie était évidente.

Alexandre Siniac ne s'en formalisa pas et désigna la blonde d'un geste vague de la main, sans même lui faire l'aumône d'un regard :

– Pourriez-vous demander à cette... à cette personne de bien vouloir nous laisser seuls un moment, je vous prie ?

Robert Malouin se tourna vers la fille avec un claquement de doigts sec :

– T'as entendu ? Transporte tes grosses miches ailleurs, ma belle ! Mon patron et moi, on a à causer ! Et la vision de ta chatte ouverte le perturbe un peu...

Cette fois, le ton était nettement ironique, et les sourcils de Siniac se froncèrent de mécontentement. Mais, dans le même temps, il gardait ses yeux braqués sur l'énorme phallus qui continuait de pointer dans sa direction, et la boule qui s'était formée dans sa gorge l'empêcha de se fâcher vraiment.

D'autant plus qu'il se sentait comme des fourmillements dans la main droite. Une main qui avait comme une irrésistible envie de s'avancer vers la virilité tendue et gonflée de son intendant, pour enrouler ses doigts autour, en sentir les palpitations les plus intimes, en éprouver délicieusement la dureté et le volume, le grain délicat de la peau translucide...

Siniac émit une sorte de gémissement pitoyable et fit un pas en arrière. Aussitôt, Robert Malouin, comme par jeu, avec un petit sourire narquois, fit un pas en avant, le ventre toujours précédé de sa formidable érection.

Dans l'intervalle, la fille avait quitté le lit sans faire la moindre remarque, résignée à obéir quel que soit l'ordre à l'homme qui, un instant plus tôt, labourait encore son ventre lisse et velouté comme un abricot mûr.

Au moment où elle passait près de lui, pour se diriger vers la salle de bain attenante, Robert Malouin la saisit par le bras et l'attira contre lui. De l'autre main, il empoigna l'un de ses gros seins mous et le palpa sans douceur, en toisant ironiquement son employeur.

– Qu'est-ce que vous en dites, patron ? grasseya-t-il. C'est pas du nichon de première bourre, ça ? Vraiment, si le cœur vous en dit, je suis sûr que cette belle salope de Jenny n'aurait rien contre. Hein, ma belle ? T'as pas dû t'en farcir souvent, des messieurs aussi distingués, pas vrai ? Je suis sûr que tu en as déjà la craquette toute mouillée !

La dénommée Jenny – qui devait s'appeler Solange ou Françoise, comme tout le monde – eut un petit rire chatouillé et bomba le torse.

Elle se laissa faire complaisamment, lorsque la grosse paluche poilue de Malouin descendit le long de son ventre, pour aller s'enfouir entre ses cuisses grasses. Siniac, le rouge aux joues et la bouche sèche, vit le formidable membre de son intendant gonfler et durcir encore.

– Ça suffit, maintenant ! coassa-t-il, d'une voix de fausset, qu'il eut lui-même du mal à reconnaître pour sienne. Faites immédiatement sortir cette femme et reprenez une tenue décente, je vous prie !

D'une ultime claque sur les fesses, Malouin propulsa Jenny vers la salle de bain, où elle s'enferma avec un dernier petit rire stupide. Quelques secondes après, les deux hommes entendirent le crépitement dru de la douche.

Robert Malouin fit un pas en direction d'Alexandre Siniac, un petit sourire aux lèvres. Ils n'étaient plus qu'à une cinquantaine de centimètres l'un de l'autre. Et la virilité de l'intendant pointait toujours, presque agressivement, en direction de son vis-à-vis.

Siniac sentit son bras se lever, hors du contrôle de sa volonté ; comme s'il s'agissait de celle d'un autre, il vit sa main s'avancer vers cette verge énorme qui semblait le narguer, l'appeler.

Il vit ses doigts s'ouvrir…

Avec un petit cri plaintif de bête traqué, il fit un brusque saut en arrière et pivota sur les talons, pour ne plus voir cette flèche de chair dure et palpitante, aussi monstrueuse qu'attirante.

Quand il osa enfin se retourner à nouveau, Robert Malouin finissait d'enfiler un informe pantalon de jogging gris clair, maculé de taches. Et sous lequel sa virilité surdimensionnée continuait d'osciller lourdement.

Dans la salle de bain voisine, Jenny s'était mise à chantonner une niaiserie à la mode, d'une voix horriblement fausse et nasillarde.

– Robert, je vais avoir besoin de vos services… murmura Siniac, un peu rasséréné.

– Quoi de plus naturel ? répondit l'intendant sans

s'émouvoir. Est-ce que vous ne me payez pas pour ça ?

Sur le point de dévoiler le but de cette visite nocturne, le banquier se mit soudain à hésiter : et si Malouin l'envoyait promener ? Pire : s'il décidait d'aller tout raconter à je ne sais qui ? Ou de le faire chanter ?

– Alors, ce service, Monsieur ? insista l'intendant, sur le même ton tranquille.

D'un coup, Alexandre Siniac se jeta à l'eau :

– C'est un peu particulier, et même très particulier… commença-t-il, en détournant le regard. En réalité, comment dire ?… Ce n'est pas à vos qualités d'intendant que je désire faire appel, mais plutôt…

De nouveau, il hésita. Faillit reculer. Et ce fut Robert Malouin qui, le visage fermé, le regard devenu d'une fixité minérale, termina pour lui :

– C'est plutôt le savoir-faire de l'ex-mercenaire dont vous avez besoin, c'est bien ça ? Il vous faut un homme capable de régler une affaire délicate sans laisser de traces de son passage, n'est-ce pas ?

La voix un peu trop fluette de Robert Malouin s'était faite douce, rassurante, presque caressante. Du coup, Alexandre Siniac sentit tomber ses dernières hésitations, s'envoler ses ultimes scrupules.

– Oui, c'est exactement ça, laissa-t-il tomber dans un souffle à peine audible, en osant enfin regarder son homme à tout faire dans les yeux. Mais je vous préviens qu'il s'agit d'une chose… Enfin, d'une chose qui n'est pas sans risques…

L'ex-mercenaire l'enveloppa d'un regard dur et un

petit sourire froid étira fugitivement ses lèvres épaisses de jouisseur invétéré :

– Monsieur Siniac, sachez que dans ce genre d'affaire, quand c'est moi qui me charge de la « traiter », le risque le plus désagréable, et le plus mortel, est toujours pour la personne qui se trouve en face de moi. C'est-à-dire celle que vous allez me désigner maintenant…

CHAPITRE VI

La porte du bureau des Affaires recommandées s'ouvrit en coup de vent, pour laisser entrer un Aimé Brichot plutôt rouge et essoufflé.

– Je hais le mois d'août ! lança-t-il, en déposant son parapluie encore ouvert près du portemanteau de bois verni. Et spécialement celui de cette année !

– Qu'est-ce qui t'arrive encore, Mémé ? soupira Boris Corentin, en relevant le nez de son clavier d'ordinateur, et en lâchant sa souris.

– Il m'arrive, il m'arrive… Il m'arrive que, d'abord, il fait un temps de chiottes ! si tu me passes l'expression !

– Je passe, Mémé, je passe… et ensuite ?

– Ensuite, le premier bus que j'attendais m'a démarré carrément sous le nez, et que j'ai dû attendre le suivant pas loin de 25 minutes ! Sous prétexte qu'une poignée de gens est en vacances, plus rien ne fonctionne, dans ce pays ! Bon, à part ça, quoi de neuf ? Baba n'a pas demandé à nous voir ?

– Non, par contre, moi, je viens de l'appeler pour demander une petite audience… répondit Corentin en se levant de son fauteuil à roulettes.

Aimé Brichot eut l'air étonné :

– Ah ? Et pourquoi ? qu'est-ce qui t'arrive ?

– Oh ! il ne m'arrive rien de personnel. Simplement, j'ai envie de lui parler de l'affaire Nathalie Chambrun, voir s'il n'y aurait pas moyen de creuser un peu de ce côté-là, d'une manière plus officielle, je veux dire…

Aimé Brichot prit une mine consternée :

– L'*affaire* Nathalie Chambrun ? Tu as bien dit : *l'affaire* ?

– Mais oui, pourquoi ? s'étonna Corentin, avec un petit sourire en coin, sachant par avance ce qu'allait lui objecter son coéquipier.

– Mais enfin, Boris, tu plaisantes ou quoi ? *Il n'y a pas* d'affaire Nathalie Chambrun ! Juste les divagations d'une femme un peu dérangée, c'est tout !

– C'est à voir… se contenta de grommeler Corentin en se dirigeant vers la porte. N'empêche que je préfère quand même mettre Baba au courant. Qu'est-ce que tu fais ? Tu m'accompagnes ?

Aimé Brichot poussa un soupir à fendre l'âme et suivit sa flèche :

– Évidemment que je t'accompagne, tiens ! Je ne vais quand même pas te laisser te ridiculiser tout seul, qu'est-ce que tu crois !

Moins de dix minutes plus tard, les deux inspecteurs savaient à quoi s'en tenir sur la position, on ne peut plus ferme, du commissaire divisionnaire Charlie Badolini, ci-devant patron de la Brigade mondaine :

– Boris, vous devenez sénile ? Ou c'est Alzheimer qui commence ses ravages ? Vous prétendez être officiellement chargé d'une enquête concernant une femme qui affirme avoir été violée et engrossée par une bande d'extraterrestres en rut, c'est bien ça ?

Le commissaire divisionnaire était si stupéfait qu'il en oubliait d'allumer la Job Spéciale qui pendait au coin de ses lèvres parcheminées.

Boris Corentin fit une nouvelle tentative :

– Patron, je sais que tout ça peut paraître un peu débile, à première vue. Mais imaginez un instant que Nathalie Chambrun ait été droguée, pour une raison ou pour une autre : elle peut très bien, alors, sous l'influence des drogues en questions, avoir construit cette histoire rocambolesque, *à partir de faits qui se sont réellement produits !*

– Mais je ne dis pas le contraire ! s'emporta Charlie Badolini, en sautant sur son fauteuil Empire comme un cabri. Encore que les chances soient extrêmement minces, vous en conviendrez... Seulement, je vous vois mal convoquer ici un médecin très honorablement connu sur la place, sous prétexte que l'une de ses patientes s'est mise à délirer ! Et puis, vous le convoquerez *pour lui demander quoi* ? Sous quel prétexte ? Et dans le but de découvrir quoi ?

Boris Corentin garda un silence buté. Évidemment, le commissaire divisionnaire jouait sur du velours. Dans la mesure où il n'avait pas de réponses aux trois questions qu'il venait de lui poser en rafales.

Pourtant, quelque chose, une petite voix insidieuse

au fond de son esprit, continuait à lui souffler que ça valait peut-être le coup de s'obstiner. Que, peut-être, Nathalie Chambrun n'était pas la folle qu'elle semblait à première vue.

Corentin se leva de son fauteuil, aussitôt imité par Aimé Brichot qui, durant tout l'entretien, avait observé un silence d'une stricte neutralité.

– Très bien, patron, n'en parlons plus ! claironna-t-il d'une voix insouciante. Mémé et moi, on va recommencer à classer nos vieux dossiers, puisque vous n'avez rien de mieux à nous proposer...

– C'est ça, c'est ça : classez ! répondit Charlie Badolini, avec un geste désinvolte en direction de la double porte capitonnée de son grand bureau. Et laissez donc les psychiatres s'occuper de toutes les Nathalie Chambrun de ce pays : c'est leur boulot...

Lorsqu'ils furent sortis du bureau du commissaire divisionnaire, Aimé Brichot dévisagea sa flèche d'un œil légèrement soupçonneux :

– Dis-moi, Boris : tu as *vraiment* l'intention de laisser tomber et de te replonger dans les dossiers ?

Corentin lui adressa un grand sourire innocent :

– Mais bien sûr, Mémé, qu'est-ce que tu crois ? Je suis un flic obéissant et respectueux de sa hiérarchie, moi ! Un poulet de la vieille école : élevé sous la mère, nourri en plein champ, pas de farines animales, et tout le toutim ! Par conséquent, je vais me désintéresser complètement de la dénommée Nathalie Chambrun...

Le sourire de Boris Corentin s'accentua légèrement, et il laissa tomber, sur un ton guilleret :

– Après lui avoir rendu une dernière petite visite de courtoisie, tout de même !

*
* *

L'immeuble ressemblait à une bonne centaine d'autres, dans Paris. L'une de ces constructions en pierre de taille, avec balcons de fer forgé à chaque étage, sauf au premier, et chambres mansardées sous le toit, qui avaient éclos dans la capitale entre les années du baron Haussmann et la Belle Époque.

Celui que contemplait Corentin était situé dans le 17e arrondissement, rue Jouffroy, et c'est là, au troisième étage, que résidaient Monsieur et Madame Bertrand Chambrun.

Lorsque Boris avait téléphoné, une demi-heure plus tôt, en sortant du bureau de Charlie Badolini, Nathalie Chambrun s'était montrée tout à fait coopérative :

– Vous pouvez passer quand vous voulez, Monsieur Corentin : je ne bouge pas de chez moi…

Sa voix était lasse, presque éteinte. En même temps, Boris y avait senti comme une exaltation en train de couver, qui ne demandait qu'une étincelle pour se rallumer.

Il composa le code que lui avait indiqué la jeune femme et entra. Dans le hall prétentieusement décoré de faux marbre, il faillit heurter le gamin à vélo qui déboulait à toute vitesse de la cour intérieure, où, privées à tout jamais de soleil, vivotaient quelques grosses plantes vertes en pots.

Délaissant l'ascenseur, comme il le faisait presque toujours, il attaqua à grandes enjambées l'escalier de bois verni, nanti de l'éternel tapis rouge, avec barres métalliques cuivrées, signe extérieur de respectabilité et d'opulence de toutes les bonnes maisons bourgeoises...

Il n'y avait qu'une double porte au troisième palier, ce qui lui évita de se poser des questions. Il pressa le bouton rond, perçut les deux notes d'un carillon, et, presque tout de suite, la porte s'ouvrit sur Nathalie Chambrun.

Tout de suite, il fut frappé du changement survenu dans l'aspect général de la jeune femme, depuis leur première rencontre, quatre jours plus tôt, au quai des Orfèvres. Pas coiffée, pas maquillée, les traits tirés, le teint blême, les lèvres exsangues, vêtue d'un peignoir bleu ciel légèrement défraîchi, elle paraissait avoir vieilli de dix ans.

Et puis, il y avait cette lueur d'affolement dans ses magnifiques yeux d'azur, qui lui donnait l'air d'une bête traquée par des chasseurs invisibles et sans pitié.

Pourtant, malgré cette impression de laisser-aller, d'abandon, elle était encore très belle. Mieux, même : tout en pénétrant dans l'appartement, Boris Corentin se fit la réflexion que cette faiblesse, ce désarroi qu'elle ne prenait même plus la peine de dissimuler la rendaient peut-être encore plus attirante.

Après une formule d'accueil à peine audible, Nathalie Chambrun le précéda dans un salon beaucoup trop grand pour le peu de meubles qui s'y trouvaient, et dont les fenêtres donnaient sur la rue Jouffroy, trois étages plus bas. Des haut-parleurs invisibles diffusaient en sourdine une musique très douce, poignante de mélancolie, que Corentin, après quelques secondes d'hésitation, identifia comme étant le mouvement lent du concerto pour clarinette de Mozart.

– Je viens juste de préparer du thé, il finit d'infuser : je peux vous en servir une tasse ? murmura la jeune femme, en désignant à Corentin l'un des deux fauteuils de velours vert foncé qui faisaient face au canapé de même style, de part et d'autre d'une table basse, ronde, en marqueterie.

– Volontiers, répondit Boris, avec un sourire poli, tout en s'asseyant.

Nathalie Chambrun disparut dans un parfait silence, comme si ses pieds ne touchaient pas le parquet. Boris Corentin en profita pour inspecter la pièce autour de lui.

Elle était grande, presque carrée, assez claire, mais quasiment vide. À l'exception du canapé, des deux fauteuils et de la table basse, elle ne contenait qu'une sorte de secrétaire, en bois clair, vis-à-vis de la double porte d'entrée, sur lequel était posée une chaîne hi-fi au look assez futuriste. Les murs, blanc « cassé », étaient totalement vierges de toute décoration, à l'exception d'une minuscule aquarelle représentant un visage de femme de profil.

Nathalie Chambrun revint, un plateau d'argent dans les mains, supportant deux tasses de porcelaine blanche à petites fleurs bleues, une théière assortie et une assiette pleine de petits gâteaux secs, sertis de fruits confits multicolores. Elle fit le service, avant de s'asseoir dans le canapé, en repliant ses jambes sous elle.

Dans le mouvement qu'elle fit, un pan de son peignoir s'écarta, dévoilant une jambe au galbe parfait, mais à la peau très pâle.

Boris Corentin buvait son thé à petites gorgées, le front baissé. En se demandant comment il allait pouvoir engager la conversation avec la jeune femme, qui attendait aussi silencieusement, aussi passivement que si elle avait été seule dans son grand salon.

Autant il se sentait parfaitement à son aise lorsqu'il devait conduire un interrogatoire de police classique, autant là…

Que dire ? Par quoi commencer ? Et surtout, que cherchait-il ? qu'est-ce qu'il espérait apprendre ?

Il était bien obligé de s'avouer qu'il n'en savait rien. Il ne savait même pas pourquoi il avait voulu revoir Nathalie Chambrun, ni ce qu'il attendait de leur rencontre…

– Il y a longtemps que vous avez décidé d'avoir recours à l'insémination artificielle ? finit-il par demander, d'une voix douce, plus pour rompre ce silence de plus en plus pesant qu'autre chose.

Nathalie Chambrun prit le temps de reposer sa tasse vide sur la petite table avant de répondre, sur un ton neutre, comme si rien de tout cela ne la concernait :

– Dès que nous avons eu la certitude que

Bertrand… je veux dire : mon mari, était stérile. C'est-à-dire il y a environ un an… peut-être quinze mois, je ne sais plus…

– Vous n'avez jamais envisagé l'adoption ?

– Si, c'est même la solution qui avait la préférence de Bertrand. Je crois que l'idée que je puisse porter l'enfant d'un autre homme lui était désagréable… au moins au début. Après, il s'y est fait, petit à petit…

Les joues de Nathalie se colorèrent un peu et sa voix s'anima brusquement :

– Mais, moi, c'est justement ce que je désirais, plus que n'importe quoi d'autre : porter un enfant ! Le sentir grandir et vivre dans mon ventre. Il me semblait, et il me semble toujours qu'un enfant adopté, je ne serais jamais arrivée à le considérer tout à fait comme le mien… C'est sans doute stupide, je sais bien, mais…

Elle fit un geste vague de la main, et son visage, un instant réveillé, retomba dans l'espèce d'hébétude d'avant.

– Évidemment, si j'avais pu prévoir ce qui… murmura-t-elle, d'une voix qui semblait au bord de se briser en sanglots.

Boris Corentin saisit la balle au bond, toujours sans avoir la moindre idée de l'endroit où tout ça allait les mener, Nathalie Chambrun et lui :

– Comment vous êtes-vous retrouvée à la clinique du Dr Soliveau ? Je veux dire : pourquoi celle-ci plutôt qu'une autre ?

La jeune femme ramena sur sa cuisse nue le pan de son peignoir, qui reglissa aussitôt :

– C'est une amie qui m'en a parlé. Elle avait eu son fils deux ans plus tôt, grâce au travail du Dr Soliveau, et elle ne tarissait pas d'éloges à son sujet. Elle m'a tout expliqué en détail, la manière dont se passaient les consultations préparatoires, comment, le jour J, elle était entrée à la clinique pour en ressortir l'après-midi même, la manière dont…

Boris Corentin tiqua et interrompit Nathalie :

– Comment ça : « l'après-midi même » ? Je croyais que vous aviez passé la nuit à la clinique du Val d'Or ?

– Moi, oui, confirma la jeune femme. Mais c'était exceptionnel : en principe, l'insémination se passe en « ambulatoire », comme disent les médecins dans leur jargon. C'est-à-dire en une seule journée.

– Dans ce cas, pourquoi le Dr Soliveau vous a-t-il gardée la nuit suivante ? insista Corentin.

Nathalie Chambrun eut soudain l'air surpris, et laissa passer quelques secondes avant de répondre :

– Tiens, c'est vrai, ça… Maintenant que vous m'en parlez, je m'aperçois que je n'en sais rien. Je crois bien que le Dr Soliveau ne m'a même pas fourni d'explication… À moins qu'il l'ait fait et que j'aie oublié…

– Vous n'aviez pas de problèmes de santé particuliers ? demanda Boris. Quelque chose… Je ne sais pas moi : une faiblesse constitutive quelconque, qui aurait nécessité une surveillance spéciale ?

– Mais non ! répondit aussitôt la jeune femme. Au contraire : je me souviens que, lors de notre dernier entretien pré-opératoire, le médecin-assistant du

Dr Soliveau m'a affirmé que j'étais en pleine forme et que j'avais la constitution idéale pour une future mère.

Boris Corentin rangea l'information dans un coin de sa mémoire, se promettant de creuser le sujet un peu plus tard, à tête reposée. Il reprit l'entretien :

– Une fois à la clinique, que s'est-il passé, Madame Chambrun ? Je veux dire : après l'insémination artificielle proprement dite ?

– On m'a conduite à ma chambre, on m'a servi à dîner, puis le Dr Soliveau est passé pour me faire une piqûre de calmants, afin que je passe une bonne nuit.

Une nouvelle fois, Corentin tiqua :

– Une piqûre ? Pas des cachets, vous êtes certaine ?

– Évidemment, que je suis certaine ! répondit la jeune femme, avec son premier sourire depuis le début de l'entrevue. J'ai suffisamment horreur des piqûres pour m'en souvenir !

– Et c'est le docteur Soliveau qui est venu pour la faire lui-même ? insista-t-il.

– Exactement. C'est vrai que c'est curieux, quand on y pense : un patron de clinique qui vient jouer à l'infirmière !

Pour Boris Corentin, c'était un peu plus que curieux : franchement bizarre…

– Et, après, vous vous êtes endormie tout de suite ? demanda-t-il, la voix plus tendue, en enveloppant Nathalie Chambrun d'un regard intense.

La jeune femme parut hésiter, avant de répondre, d'une voix comme flottante :

– Eh bien ! non, en fait…

Elle se mordit la lèvre inférieure, ramena une nouvelle fois le pan rebelle de son peignoir sur sa cuisse nue, avant de poursuivre, dans un souffle :

– C'est très bizarre… Mes souvenirs sont très flous et en même temps, ils ont un relief extraordinaire. Brusquement, quand je me suis retrouvée seule dans la chambre, j'ai eu l'impression que le moindre bruit était comme amplifié. Ce n'est pas que je l'entendais plus fort, non… Plutôt comme si tous les sons, même les plus lointains, se produisaient *à l'intérieur de mon cerveau*. Et, pour ce que je voyais, c'était un peu la même chose : tous les objets de la chambre s'étaient mis à danser, à onduler sur eux-mêmes, comme s'ils étaient vivants, mais en même temps, je les voyais avec une netteté incroyable et des couleurs d'une intensité presque… comment dire ? Presque *charnelle* ! Je ne sais pas si je me fais bien comprendre…

Boris Corentin s'abstint de lui dire qu'il comprenait parfaitement. Il se retint surtout de lui apprendre que les symptômes qu'elle lui décrivait correspondaient à l'état de certains drogués après la prise de leur *shoot*.

Or, juste avant, Nathalie Chambrun lui avait révélé que, étrangement, le Dr Soliveau était venu lui administrer lui-même son calmant. Et qu'il l'avait fait *au moyen d'une piqûre intraveineuse*.

Depuis quelques minutes, Corentin se sentait pris par une excitation qu'il connaissait très bien : celle du chasseur qui vient de renifler une piste toute fraîche. Et particulièrement prometteuse.

Décidément, il semblait se passer des choses pas

très nettes, à la clinique du Val d'Or…

Boris Corentin échangea encore quelques phrases avec Nathalie Chambrun, mais il ne tira plus rien d'intéressant d'elle. Petit à petit, elle retombait dans son apathie première, et ses yeux avaient repris cette lueur angoissée qu'ils avaient à son arrivée chez elle.

Il prit congé, en promettant à la jeune femme de continuer son enquête et de ne pas la laisser tomber. Ce qui parut la rasséréner quelque peu.

Au moment de lui ouvrir la porte de l'appartement, dans l'entrée un peu trop sombre, elle se plaqua soudain contre lui, avec une sorte de violence désespérée, entoura son cou de ses bras nus et enfouit son visage au creux de son épaule.

– Monsieur Corentin, je n'ai plus que vous, haleta-t-elle, d'une voix à peine compréhensible. Ne me laissez pas… J'ai si peur… À certains moments, la nuit surtout, je me dis qu'il vaudrait mieux que je meure…

Tout en caressant d'une main ses longs cheveux d'or, en la serrant contre lui de l'autre bras, Corentin parvint peu à peu à calmer Nathalie Chambrun. Et à finalement prendre congé d'elle.

Tout en descendant l'escalier, ses pas assourdis par le tapis rouge, il se promit d'entrer rapidement en contact avec Bertrand, son mari, pour lui conseiller de passer le plus de temps possible près d'elle. Il ne lui semblait pas sain, et même peut-être dangereux de la laisser livrée à elle-même en ce moment…

Lorsqu'il déboucha à l'air libre, sur le trottoir détrempé de la rue Jouffroy, il constata avec plaisir que la pluie avait enfin cessé, et qu'un pâle rayon de soleil était en train de déchirer les nuages plombés. Il partit vers la droite pour rejoindre sa voiture de service.

Il n'avait pas fait dix mètres, lorsqu'il tomba en arrêt devant un véhicule en train d'effectuer un créneau, entre une camionnette grise et une petite Smart rouge et noir.

C'était une voiture somptueuse, que Boris identifia presque aussitôt : depuis une vieille enquête dans le milieu des collectionneurs[1], il avait appris à reconnaître les voitures anciennes.

Celle-ci était une superbe Italienne. Une Lamborghini des années soixante, d'un jaune magnifique. Lorsque Corentin parvint à sa hauteur, il en descendit un homme d'une cinquantaine d'années, dont le corps herculéen et la tête carrée juraient violemment avec les courbes toutes féminines de sa voiture.

Les yeux de Boris furent attirés par ses mains : d'énormes paluches, comme des pattes d'ours, dont le dos et les phalanges étaient envahis de longs poils noirs.

Il se produisit une sorte de déclic dans son cerveau. Comme si une petite lumière rouge se mettait à clignoter faiblement, tout au fond de son esprit. Mais sans qu'il parvienne à déterminer à quoi elle correspondait.

Pensif, Boris Corentin suivit du regard le pilote de

1. Voir le Brigade mondaine N°77 : *Le Rodéo du plaisir.*

la Lamborghini, jusqu'à ce qu'il disparaisse sous le porche d'un immeuble.

Un immeuble qui n'était autre que celui que Corentin venait à l'instant de quitter.

CHAPITRE VII

Robert Malouin s'engouffra dans l'immeuble où vivait Nathalie Chambrun, sans avoir prêté la moindre attention à l'homme brun et athlétique qui avait admiré sa voiture, avant de le suivre des yeux jusqu'ici.

Il était totalement concentré sur ce qu'il avait à faire. Comme à chacune des missions dangereuses qu'il avait eues à effectuer dans sa vie agitée – sa vie d'avant… –, il avait fait le vide dans son esprit, pour en chasser tout ce qui n'avait rien à voir avec son objectif.

À savoir, supprimer la personne répondant au nom de Nathalie Chambrun.

La supprimer définitivement.

Robert Malouin dédaigna l'ascenseur et entreprit de gravir l'escalier, d'un pas lourd et égal, le front baissé, l'air totalement absent.

Comme à chaque fois qu'il s'apprêtait à tuer, il se sentait parfaitement calme. Un calme presque surnaturel. Il avait l'impression que rien ne pourrait l'atteindre, que seule la « mission » comptait.

La mission que, la veille au soir, lui avait confiée son patron, Alexandre Siniac.

Robert Malouin n'avait pas posé de questions. D'abord parce que, dans son ancien métier de mercenaire, toujours prêt à se vendre au plus offrant, si on se mettait à questionner l'employeur sur ses buts, ses combines, etc., on était grillé du jour au lendemain. Et même, parfois, mort avant d'avoir eu le temps de dire « ouf ! ».

Ensuite parce que, dans ce cas précis, il savait parfaitement pourquoi il était important que cette Nathalie Chambrun disparaisse. Dans la mesure où, exceptionnellement, il avait été autorisé, sur demande spéciale de Siniac, à participer à la petite soirée des « Princes charmants », dont la jeune femme avait été l'héroïne involontaire, à la clinique du Val d'Or. Et qu'il savait aussi que, une fois sortie, elle s'était mise à « déconner », en allant raconter partout ses histoires d'extraterrestres à dormir debout, qui avaient fini par attirer l'attention des flics.

Et, quelqu'un qui parle à tort et à travers, au risque de nuire, Robert Malouin avait toujours su comment s'occuper de lui. Sans bavure et de manière définitive.

Il acheva de gravir le troisième étage du même pas égal. Et sans avoir rencontré âme qui vive, ni entendu le moindre bruit. Comme si l'immeuble avait été déserté par tous ses occupants, à seule fin de lui faciliter le travail…

D'une main qui ne tremblait pas, il enfonça le bouton de sonnette et entendit les deux notes du carillon, de l'autre côté de la double porte de bois verni. Puis, après un temps relativement long, le glissement furtif et lent d'une paire de pantoufles sur le sol.

La porte s'ouvrit, en frottant légèrement dans le bas, et Nathalie Chambrun apparut, enveloppée dans un peignoir fatigué et les traits tirés, les épaules légèrement voûtées.

– Monsieur ? Qu'est-ce que je…

Elle s'interrompit net, en découvrant le visage aux traits épais de son visiteur, et ses yeux se dilatèrent de stupeur. Avant de descendre vers les deux énormes mains envahies de poils noirs de son visiteur.

Là, une terreur inexprimable déforma ses traits et une pâleur grisâtre envahit son visage. Dans un mouvement réflexe, elle voulut refermer la porte, mais Robert Malouin avait prévu le coup, et engagé son pied dans l'entrebâillement.

Des deux mains, il repoussa tout ensemble le montant de bois et la jeune femme qui se trouvait à moitié abritée derrière. D'un coup de pied en arrière, il referma la porte.

Et plaqua sa grosse paluche sur la bouche de Nathalie avant qu'elle ne se mette à hurler de terreur, comme elle s'apprêtait visiblement à le faire.

De l'autre, il lui ceintura la taille et la plaqua contre lui, pour l'empêcher de se débattre et de lui échapper.

De sentir son corps souple et ferme épouser aussi étroitement le sien, Malouin eut une brusque bouffée de chaleur qui lui monta à la figure.

Dans une sorte de flash bref et intense, il revit

Nathalie, entièrement nue, s'agitant avec une sorte de frénésie érotique avide sous ses coups de boutoir puissants. C'est-à-dire la scène qu'il avait en effet vécue, une quinzaine de jours plus tôt, lors de la soirée de la Guilde des princes charmants, à laquelle il avait été exceptionnellement autorisé à participer.

Et ça, pour participer, il n'avait pas donné sa part aux chiens, comme il aimait dire ! Il l'avait possédée à fond deux fois de suite, cette superbe femelle bourgeoise, avec ses airs de princesse de conte de fées et son corps de rêve. Et il y avait pris un plaisir énorme.

Tellement énorme, tellement intense, que l'idée de recommencer, là, maintenant, lui plaisait de plus en plus…

Et pourquoi pas ? Pourquoi ne pas « rigoler » un peu, avant de faire ce pour quoi il était venu ? Il allait voir si cette poulette était aussi « à la masse » qu'elle en avait l'air, et, chemin faisant, prendre son pied avec elle.

Un pied qu'il serait donc le tout dernier à prendre, vu ce qui l'attendait après…

Il approcha sa bouche aux lèvres épaisses de l'oreille finement ourlée de sa future victime, et lui murmura doucement, sur un ton qu'il tenta de rendre aussi apaisant que possible :

– N'ayez pas peur, je ne vous veux aucun mal. Je suis revenu exprès pour vous… C'est le Conseil galactique qui m'envoie vers vous… Vous êtes l'Élue… Vous allez être la Mère de la nouvelle race… Une race supérieure qui va conquérir la galaxie entière… Pour cela, vous devez être à nouveau fécondée... Comme l'autre nuit... Le sort de l'humanité future dépend de vous...

À mesure qu'il débitait ces lambeaux de délire, inventés au fur et à mesure, Robert Malouin sentait le corps élastique de la jeune femme se détendre contre le sien. Il continua de lui parler doucement, jusqu'à ce qu'il la sente totalement molle entre ses bras, presque alanguie.

Alors seulement, il relâcha sa pression sur elle et décolla sa main de sa bouche. Tout prêt à l'assommer si jamais il lui prenait la fantaisie de crier.

Mais elle ne cria pas.

Elle leva son visage vers lui, et Malouin vit que ses joues s'étaient colorées de rouge et que ses yeux brillaient d'une flamme nouvelle. Une flamme de crainte et de joie, inextricablement mêlées.

– Alors, c'était bien vrai ? souffla-t-elle, d'une voix à peine audible. Je ne suis pas folle ? Vous êtes réellement venus pour me... Pour me...

Elle laissa sa phrase en suspens. Comme si le mot qui lui était spontanément venu à l'esprit ne réussissait pas à franchir ses lèvres.

Robert Malouin l'entoura de ses bras puissants et, aussitôt, avec une sorte d'élan passionné, elle se blottit contre lui. Un petit sourire ironique et froid étira les grosses lèvres de l'ex-mercenaire.

Ça marchait encore mieux que ce qu'il avait espéré, avec cette folle ! Il n'allait même pas être obligé de la violer, comme il avait pensé le faire...

Il la pressa contre lui, et elle se laissa faire, sa poitrine ferme s'écrasant contre le tissu de sa chemise bleu et noir. Il fit descendre ses grosses mains le long de son dos sinueux, jusqu'à ses fesses rondes, et elle se laissa encore faire.

Et lorsque, le feu aux tempes, Malouin glissa ses gros doigts poilus par l'entrebâillement du peignoir, Nathalie écarta docilement les cuisses, pour le laisser remonter jusqu'au triangle d'or de son ventre.

– Vous n'allez pas me faire de mal, n'est-ce pas ? implora-t-elle, d'une voix apeurée de petite fille, tandis que le visiteur la fouillait sans ménagement, l'esprit de plus en plus échauffé par sa docilité.

– Bien sûr que non ! Au contraire… répondit Malouin, d'une voix plus rauque, sans cesser de fouiller le ventre passivement offert de Nathalie.

Il envoya son autre main explorer la double rotondité de sa croupe frémissante, mais elle se cabra, lorsqu'il tenta de forcer la barrière naturelle de ses reins, de son pouce énorme. Il n'insista pas.

De toutes les façons, il n'était pas question qu'il passe des heures dans cet appartement : trop risqué, trop dangereux. N'importe qui pouvait toujours arriver, et alors tout son plan serait à l'eau.

Donc, pas de fignolage, droit à l'essentiel…

– L'heure de la fécondation est arrivée, tu es prête pour être ensemencée, décida Malouin d'une voix tranchante, un peu essoufflée. Viens !

Il la prit par le poignet et la tira sans ménagement jusqu'au grand canapé de velours.

– Fous-toi à poil, que je voie bien ton cul, ta chatte et tes beaux gros nichons ! Allez, grouille ! éructa l'ex-mercenaire, le visage écarlate, laissant brusquement tomber son rôle d'inséminateur intergalactique, pour redevenir un simple humain en rut.

Nathalie le dévisageait d'un air égaré, les yeux fixes, exorbités, et la bouche béante. Visiblement, elle ne savait plus où elle était ni qui elle était. Elle se débattait dans des contradictions impossibles à résoudre.

Elle était à moitié paralysée pas sa peur de l'inconnu, de ce colosse qui prétendait venir d'une autre planète, comme dans son cauchemar, et qui l'effrayait plus qu'aucun être humain avant lui.

Mais, en même temps, elle éprouvait pour lui une sorte de reconnaissance éperdue : grâce à lui, à ce qu'il venait de lui dire, elle avait la preuve qu'elle n'était pas folle. Qu'elle avait bien fait la rencontre de créatures extraterrestres, l'autre soir, à la clinique du Val d'Or.

Puisque, maintenant, elle se retrouvait face à l'un d'eux. Et qu'il prétendait de nouveau la posséder, pour bâtir la race nouvelle et supérieure qui allait conquérir l'univers entier.

Elle allait devenir la Mère de l'univers, l'origine de toutes choses dans le futur. Elle serait révérée comme une déesse pour tous les millions d'années à venir...

Et ça ne dépendait que d'elle ! Il suffisait qu'elle obéisse à la créature debout en face d'elle, et qui la dévorait de son regard luisant ! Elle avait juste à se soumettre à son désir, ce désir qu'elle voyait déformer son pantalon, en une bosse impressionnante de grosseur et de dureté.

Lentement, avec des gestes d'automate, sans bien avoir conscience de ce qu'elle faisait, comme tenue sous le feu du regard de ce mâle qui la désirait de toute sa puissance, Nathalie dénoua la ceinture de son peignoir et en écarta les pans. Puis, elle le laissa glisser sur le parquet, où il croula avec un petit bruit mou.

Elle était intégralement nue.

Ses seins volumineux, s'affaissant très légèrement sous leur propre poids, s'agrémentaient de deux larges aréoles délicatement grenues, d'un rose soutenu, dont les pointes étaient dressées.

Son ventre plat frémissait légèrement, et le triangle d'or qui en ornait le bas tranchait à peine sur sa peau veloutée, presque blanche.

Deux longues jambes dignes d'un sculpteur grec antique supportaient une croupe parfaitement ronde, bien cambrée et profondément fendue, comme par un ultime coup de ciseau de l'artiste créateur.

Nathalie restait immobile, l'air hébété, ne songeant même pas à voiler de la main sa poitrine et le bas de son ventre, le corps vibrant d'attente.

Le visage congestionné, Robert Malouin dégrafa son pantalon avec des gestes un peu fébriles. Nathalie poussa un petit gémissement, en découvrant la lourde matraque de chair qui jaillit soudainement, entre les replis de l'étoffe.

– Mon Dieu ! soupira-t-elle, sans qu'il soit possible

de déterminer exactement si son exclamation exprimait la crainte ou l'admiration, devant cette virilité arrogante, surdimensionnée, dont la tête faisait penser à un gros champignon rouge et légèrement luisant.

Malouin fit deux pas en avant, jusqu'à ce que sa verge tendue vienne effleurer le ventre nu et frémissant de la jeune femme.

– À genoux ! commanda-t-il, d'une voix sèche et grondante. Sers-toi de ta bouche pour me faire bien bander…

Recommandation parfaitement inutile, dans la mesure où son sexe semblait déjà tout près d'éclater, tellement il était dur, gonflé, tendu.

Nathalie obéit docilement à l'ordre donné, comme si son corps était désormais directement relié au cerveau de Malouin et n'obéissait plus qu'à lui.

Ce dernier frissonna lorsque les mains fraîches et douces de la jeune femme se posèrent sur ses hanches, pour l'attirer vers elle, vers son visage de plus en plus pâle.

Un frisson qui se transforma en tremblement incontrôlable, quand la jeune femme engloutit lentement entre ses lèvres pleines le pieu de chair noueuse qui pointait vers elle. Docile, experte, elle enroula sa langue chaude et souple autour de cette hampe énorme, qui emplissait totalement sa bouche, presque au point de l'étouffer.

Comme Nathalie raffermissait sa prise sur les hanches de Robert Malouin, les doigts de sa main droite accrochèrent machinalement quelque chose, suspendu à la ceinture de son partenaire, sans qu'elle parvienne à déterminer quoi, sauf que c'était petit, et probablement en cuir.

Mais, quel qu'il soit, sous la traction qu'elle venait de lui imprimer, le petit objet se détacha brusquement, et Nathalie le laissa échapper de ses doigts.

Comme, tout à son plaisir, l'homme qu'elle engloutissait entre ses lèvres écarquillées ne s'était aperçu de rien, elle cessa immédiatement de s'en soucier, et reprit avec encore plus d'ardeur.

En même temps, elle glissa une de ses mains entre les cuisses musclées et outrageusement poilues de son partenaire, pour y dénicher les énormes boules duveteuses qui s'y nichaient, afin de les caresser du bout des doigts.

Robert Malouin ne la laissa pas faire longtemps. Les lèvres chaudes de Nathalie lui envoyaient de délicieux picotements dans tout le bas du ventre, annonciateurs d'un plaisir trop prompt à venir.

Un plaisir qu'il ne voulait pas prendre de cette manière, pas comme ça…

Empoignant carrément les longs cheveux d'or de la jeune femme, il la tira en arrière avec une certaine brutalité, et la rejeta contre le canapé.

– Tourne-toi ! éructa-t-il sourdement. Tends bien ton cul que je te fourre comme tu le mérites !

Sous le fouet du désir, il avait complètement perdu de vue son personnage d'inséminateur galactique, pour se remettre à parler comme un terrien tout à fait ordinaire…

Mais Nathalie Chambrun n'en était plus à ça près. Elle ne savait plus trop bien qui elle était, encore moins ce qu'elle devait faire ou ne pas faire.

Et puis, les histoires étranges débitées par Malouin s'étaient mises à tourner dans sa tête, et avaient fini par faire naître au creux de son ventre quelque chose qui ressemblait à une forme de désir. Malgré la peur qui ne cessait de la tenailler, elle avait maintenant envie que tout s'accomplisse.

Que cet inconnu effrayant la possède vraiment, Qu'il expédie au fond de ses entrailles la semence qui ferait d'elle la Mère de l'humanité nouvelle...

Elle s'agenouilla docilement, se pencha en avant jusqu'à ce que sa poitrine lourde s'écrase sur le velours du canapé, croupe tendue vers son partenaire.

Robert Malouin émit un grondement sourd, avant de se laisser tomber à genoux à son tour et d'empoigner les hanches douces de la jeune femme prostrée.

Son formidable membre vint fouiller au centre de la petite forêt blonde qui ombrait à peine le beau fruit nacré palpitant entre les cuisses blanches et ouvertes de Nathalie.

Puis, d'un seul coup de reins, lent mais d'une puissance irrésistible, il pénétra de toute sa longueur son ventre en fusion, lui arrachant un long cri, où la douleur se teintait d'une sorte de délivrance heureuse.

Il plaqua ses deux énormes paluches sur ses seins volumineux et entreprit d'en pincer sans douceur les mamelons dressés, entre ses gros doigts poilus. Tandis que, de toute la rage de son désir, il pilonnait son ventre écartelé de son invraisemblable piston vivant.

Mais, malgré la sensation affolante que lui procurait le véritable fourreau palpitant qui enserrait sa virilité congestionnée, Robert Malouin gardait la tête froide.

Tout en labourant le corps pantelant et docile de Nathalie, il pensait à la suite.

À la manière dont, dans une poignée de minutes, une fois qu'il aurait explosé à l'intérieur de son intimité, il allait procéder.

Pour la faire passer de vie à trépas.

Car il ne s'agissait pas de saloper le travail. C'était délicat, il fallait s'arranger pour que personne n'ait l'idée de remonter jusqu'à lui, et donc jusqu'à Alexandre Siniac, son patron, à partir du cadavre qu'il allait laisser derrière lui, en quittant l'appartement. Il était primordial que les flics concluent à un suicide, ou à une mort accidentelle.

Et, pour ça, Robert Malouin avait son petit plan, mûrement réfléchi, depuis la veille au soir.

Un plan ingénieux et simple, dont il se sentait particulièrement fier, d'ailleurs…

CHAPITRE VIII

Les deux policiers en uniformes foncèrent sur la voiture de service conduite par Boris Corentin, comme deux Dobermans ayant aperçu un os à moelle de première main.

– Voyez pas que vous êtes garés sur un « bateau » ? gronda le plus âgé des deux, un type sanguin, sanglé dans un uniforme qui le boudinait avantageusement. Allez, faites-moi le plaisir de circuler, et fissa !

Aimé Brichot émergea de la place passager et contourna la voiture avec un sourire aimable, limite mielleux.

– Dites-moi, mon ami, fit-il à l'adresse de celui qui venait d'aboyer après eux, est-ce que vous auriez l'amabilité de garder un œil sur notre voiture, le temps que nous faisons nos petites courses dans le quartier ? Les rues de Paris sont tellement peu sûres, de nos jours…

Il crut que l'autre allait éclater, tellement son visage avait viré au violacé. Il se dépêcha de brandir sa plaque de policier sous le nez de l'homme en uniforme, ne voulant pas avoir une mort sur la conscience.

– Ça va, ça va, on est de maison ! fit Brichot, d'un ton apaisant. On vient pour la morte du troisième…

Aussitôt, les deux policiers rectifièrent instinctivement la position, et le visage du gros reprit sa teinte normale : vermillon…

– Faites excuse, capitaine, bafouilla-t-il d'un ton humble, je ne pouvais pas savoir qui vous étiez…

– Je ne vois pas en quoi ça vous empêchait d'être aimable ! fit sévèrement Corentin, dans son dos. Bon, allez, Mémé, on y va…

C'est un coup de fil du Ciat[1] du 17e arrondissement qui avait averti Boris Corentin et Aimé Brichot de ce qui venait de se produire.

En arrivant chez les Chambrun, où elle faisait le ménage trois fois la semaine, Farida Amsallem avait découvert sa patronne baignant dans une mare de sang, au milieu de la salle de bain.

Aussi morte qu'on pouvait l'être.

Boris Corentin avait été très frappé par le fait que, sans doute, la malheureuse Nathalie Chambrun avait rendu l'âme peu de temps après qu'il l'eut quittée, en fin de matinée. Et il ne pouvait s'empêcher de se dire que, s'il était resté davantage de temps auprès d'elle…

– Arrête de gamberger, Boris, murmura Aimé Brichot, tandis qu'ils franchissaient le cordon de policiers interdisant l'entrée de l'immeuble de la rue Jouffroy

1. Abréviation pour « commissariat », dans le jargon des policiers.

aux curieux. Je sais à quoi tu penses, mais tu as tort : tu n'y es pour rien, c'est une coïncidence malheureuse, voilà tout…

– C'est à voir… grommela Corentin, la mine sombre, en attaquant les premières marches de l'escalier.

Dans les étages de cet immeuble tranquille, où rien ne se passait jamais, c'était l'effervescence. Des policiers allaient et venaient, du troisième au rez-de-chaussée ; sur leur passage, à chaque palier, des portes s'entrouvraient furtivement, et des yeux avides de sensations fortes brillaient dans la pénombre des appartements.

Au troisième, ils trouvèrent la double porte de l'appartement des Chambrun grand ouverte, gardée par deux policiers en uniformes.

À l'intérieur, c'était l'agitation habituelle des hommes de l'Identité Judiciaire, qui commençaient de passer l'appartement au peigne fin, afin d'y recueillir d'éventuels indices.

À l'entrée de la salle de bain, Corentin et Brichot se retrouvèrent nez à nez avec un petit homme rondouillard, le cou sanglé dans son éternel nœud papillon à gros pois, un sourire épanoui sur sa face lunaire.

Le docteur Flutiaux, médecin légiste de son état, et l'un des meilleurs dans son domaine.

– Tiens ! mais qui voilà ? s'exclama-t-il, en écartant ses petits bras courtauds, la mine réjouie. Mais ce sont les joyeux duettistes ! Les « Eric et Ramzy » de la police parisienne ! Et que me vaut le plaisir ?

– Ça va, toubib ! soupira Corentin, les yeux levés au plafond carrelé de bleu et de blanc, si seulement, ne serait-ce qu'une fois, vous pouviez nous épargner votre humour consternant, ça nous ferait des vacances…

– C'est vrai que c'est la période, en ce moment ! s'esclaffa le docteur Flutiaux, sans se formaliser de l'appréciation portée sur son humour.

Boris Corentin pénétra dans la grande salle de bain, où deux hommes et une femme en blouses blanches, gants chirurgicaux aux mains et masque devant le visage, étaient occupés à « ausculter » la pièce, centimètre carré par centimètre carré.

Il réprima une grimace de dégoût.

Le corps nu de Nathalie Chambrun était étendu par terre, dans une mare de sang épais, en train de virer du rouge au noirâtre. Sa tête était appuyée contre la paroi de la baignoire et faisait un angle presque droit avec le reste de son corps.

Mais le pire, le plus horrible, c'était plus bas que ça se passait…

À la main droite, la morte tenait encore une fine aiguille à tricoter en métal brillant, dont la moitié inférieure était rouge de sang.

Il ne fallait pas être grand clerc pour comprendre ce qu'elle avait fait avec. Dans la mesure où, entre ses cuisses écartées, son sexe n'était plus qu'une bouillie sanglante.

Un peu pâle, Boris Corentin se retourna vers Aimé Brichot – qui, lui, virait carrément au verdâtre – et vers le docteur Flutiaux, aussi tranquille que s'il s'était trouvé dans son salon, devant son émission de télé préférée.

– À votre avis, il s'est passé quoi ? demanda-t-il, en plongeant ses yeux dans ceux du médecin-légiste.

Celui-ci prit l'air étonné :

– Le tableau ne vous semble pas assez « parlant » ? Vous avez vraiment besoin des sous-titres ? Soit ! Il vous faudra évidemment attendre les résultats complets de mon autopsie pour être sûr, mais je pense que cette jeune femme, pour des raisons qui ne me concernent pas, a tenté de supprimer le fœtus qu'elle portait. Car elle est – ou plutôt, elle était – enceinte, figurez-vous !

– Ça, je le savais déjà, toubib ! soupira Corentin.

– M'étonne pas, de la part d'un super-limier comme vous ! Et pourquoi est-ce qu'elle se serait livrée à une boucherie pareille, à votre avis ?

Corentin regarda le docteur Flutiaux droit dans les yeux, avant de laisser tomber, d'une voix morne :

– Parce qu'elle pensait avoir été fécondée par une bande d'extraterrestres en rut, toubib…

Du coup, de saisissement, le docteur Flutiaux en resta muet, contrairement à son habitude. Ce qui permit à Boris Corentin de quitter la salle de bain, pour rejoindre Aimé Brichot qui, toujours aussi sensible à la vue du sang, avait préféré émigrer dans le salon. Ce même salon où, quelques heures plus tôt, Boris avait eu une ultime conversation avec la malheureuse Nathalie Chambrun.

Corentin le trouva en train de tourner entre ses doigts un petit objet noir, ou gris foncé, dont la forme rappelait vaguement, en plus petit, celle des blasons médiévaux.

– Tu as trouvé quelque chose, Mémé ? s'enquit Boris, en le rejoignant près de la table basse séparant le canapé des deux fauteuils en vis-à-vis.

– Oui... Non... répondit Aimé Brichot avec une petite grimace de doute. Ce sont les gars de l'I. J.[1] qui ont ramassé ça ici, au pied du canapé. On dirait un bout de porte-clés d'une voiture, si j'en juge par ce qui est écrit dessus.

– Fais voir...

Aimé Brichot tendit l'objet à sa flèche. C'était effectivement un petit écusson de cuir noir, épais, auquel était fixé, dans la partie supérieure, un petit anneau métallique cassé. Corentin le retourna entre ses doigts, pour examiner la face sur laquelle se trouvait une double inscription en lettres dorées, légèrement en relief.

Aussitôt qu'il en eut pris connaissance, Boris sentit son cœur se mettre à cogner plus fort et plus vite dans sa poitrine.

– Qu'est-ce qui t'arrive ? lui demanda Aimé Brichot, les sourcils froncés.

– Tu as vu ce qui est écrit ici ? fit Corentin, d'une voix tout excitée.

– Eh bien... oui : Lamborghini ! Pourquoi ? C'est un

1. L'Identité Judiciaire.

porte-clés de voiture, comme toutes les marques en produisent, pas de quoi en faire un fromage !

En quelques mots, Boris mit son coéquipier au courant de ce qui s'était produit, lorsqu'il avait quitté l'immeuble, quelques heures plus tôt, à l'issue de son entretien avec Nathalie Chambrun, comment il était tombé en admiration devant la Lamborghini jaune qui était en train de se ranger le long du trottoir de la rue Jouffroy.

Aimé Brichot haussa les épaules :

– Bon, et alors ? C'est une simple coïncidence, et puis c'est tout ! Et qui te dit que ce n'est pas le mari de la morte, que tu as simplement vu rentrer chez lui ?

– À propos du mari, fit brusquement Corentin, où est-ce qu'il est, Bertrand Chambrun ?

– On est parti le chercher à son travail, intervint un jeune inspecteur du 17e arrondissement, qui venait d'entrer dans le salon. Il bosse du côté de Versailles, je pense qu'il ne devrait pas tarder à rappliquer avec nos gars qui sont allés lui annoncer la nouvelle…

Boris le remercia d'un petit signe de tête et se tourna de nouveau vers Brichot :

– Une coïncidence ? Oui, tu as peut-être raison, Mémé. Encore qu'il y a de moins en moins de Lamborghini des années soixante en circulation, de nos jours ! Et puis…

Corentin brandit l'écusson du porte-clés sous les yeux de son coéquipier :

– Tu vois cette suite de chiffres, là, en dessous du nom ?

– Évidemment que je la vois ! Et alors ?

– Alors je suis tout prêt à parier qu'il s'agit d'une sorte de numéro de série de la voiture à laquelle se rapporte ce porte-clés ! fit Corentin, l'air de plus en plus excité. Des bagnoles de cette valeur et de cette rareté doivent certainement être répertoriées par le constructeur… et leurs propriétaires avec !

– OK, je pige où tu veux en venir, opina Aimé Brichot. Si tu vois juste, on doit pouvoir, à partir de ce porte-clés et du numéro qui s'y trouve inscrit, remonter jusqu'à la personne qui l'a perdu ici. À condition, évidemment, qu'il s'agisse bien du propriétaire de la voiture qui lui correspond, sinon on est marron. Bon, tu veux que je m'en occupe ?

– J'aimerais bien, Mémé, j'aimerais bien, s'empressa de répondre Corentin. Moi, je reste ici pour interroger Bertrand Chambrun dès qu'il arrivera. On se retrouve au bureau d'ici une paire d'heures, ça roule ?

*
* *

Boris Corentin et Aimé Brichot, par un timing aussi parfait qu'involontaire, se retrouvèrent juste devant la porte du bureau des Affaires recommandées.

– Alors ? demanda Boris, lorsqu'ils eurent réintégré leurs bureaux respectifs.

– Alors, tu avais raison, répondit Aimé, avec une petite grimace satisfaite, en s'asseyant : les

Lamborghini, surtout les pièces de collection, sont « millésimées », comme ils disent, et ils ont un listing informatique avec les noms des propriétaires de leurs bolides…

– Et ? l'encouragea Boris, sur un ton légèrement impatient.

– Et j'ai retrouvé le proprio de notre porte-clés, ou plutôt du carrosse qui va avec. Il s'agit d'un certain Alexandre Siniac, banquier d'affaire de son état, qui vit à Rueil-Malmaison. Je n'en sais pas plus pour l'instant…

– Bon, très bien, j'appelle Baba, décida Boris, et je lui demande si on peut passer le voir maintenant…

Dix minutes plus tard, les deux hommes se trouvaient effectivement dans le grand bureau du commissaire divisionnaire, Charlie Badolini.

– Eh bien, messieurs : je vous écoute… fit celui-ci, de sa voix éraillée et assourdie par plusieurs décennies de tabagisme hautement actif.

Aussi brièvement que possible, Boris Corentin lui retraça les principaux éléments de l'affaire, jusqu'à la mort de Nathalie Chambrun, dans des circonstances horribles, que l'autopsie du docteur Flutiaux allait permettre de préciser.

– Je viens d'avoir une assez longue conversation avec Bertrand Chambrun, conclut-il. Il m'a affirmé que sa femme n'avait jamais été la demi-hystérique que le docteur Philippe Soliveau s'est complu à me dépeindre. D'après lui, Nathalie a toujours été au contraire une femme très équilibrée, voire plutôt « terre à terre », ce sont ses propres mots. Sauf depuis cette fameuse nuit à la clinique du Val d'Or, évidemment.

– Et maintenant, la voilà morte, dans des conditions pour le moins bizarres… grogna Charlie Badolini, en allumant une nouvelle cigarette brune.

Il releva les yeux vers Aimé Brichot :

– Et de votre côté ?

Brichot relata ce qu'il avait appris, au sujet du fameux porte-clés, et du propriétaire de la voiture s'y rapportant.

– Ça m'a l'air d'être du gros gibier, votre Alexandre Siniac, observa Badolini, avec une petite grimace, la tête environnée par un épais nuage de fumée bleutée. Et, surtout, je ne vois pas le rapport entre lui et Nathalie Chambrun…

– On ne le voit pas *pour le moment*, souligna Boris Corentin. Mais rien ne nous interdit de le chercher…

Le silence retomba dans le grand bureau, seulement perturbé par le bruit des voitures qui remontaient le quai des Orfèvres, deux étages plus bas.

Il fut rompu, au bout d'une demi-minute, par le commissaire divisionnaire lui-même :

– Bon, je crois qu'il va être temps d'ouvrir une enquête officielle sur cette affaire, messieurs. La mort de Nathalie Chambrun change la donne. Mais, avant de bouger, on attend le rapport d'autopsie de Flutiaux, on est bien d'accord ? En attendant, tâchez de creuser un peu le dossier de Siniac. Mais surtout, je vous en prie…

– On marche sur des œufs ! dirent ensemble, avec un petit sourire, Corentin et Brichot, qui connaissaient par cœur la formule favorite de leur patron.

Au moment de quitter le bureau, Boris s'offrit un petit plaisir. Celui de se retourner vers Charlie Badolini, et de lui dire, avec un petit sourire navré :

– C'est tout de même bien dommage qu'on ne se soit pas réveillé un peu plus tôt, patron : si ça se trouve, Nathalie Chambrun serait encore vivante, à l'heure qu'il est…

Il se dépêcha de sortir, pour ne pas entendre les épithètes malsonnantes dont le poursuivait la voix éraillée du commissaire divisionnaire…

CHAPITRE IX

– Je me demande bien à quoi rime cette réunion de dernière minute… grommela Alexandre Siniac, pour la troisième fois, depuis que Robert Malouin et lui avaient quitté la propriété de Rueil, au volant de la grosse Mercedes conduite par l'ex-mercenaire.

C'est Elizabeth Woodyard qui lui avait téléphoné, peu après six heures du soir.

– Le docteur Soliveau a décidé d'organiser tout à l'heure, chez lui, une réunion de la Guilde, mais en petit comité, histoire de discuter un peu de nos perspectives d'avenir, lui avait-elle dit. Il est bien entendu indispensable que vous en soyez, cher ami…

– Une réunion ? Aujourd'hui ? Mais pour quoi faire ? s'était étonné Siniac.

– Eh bien ! disons que je ne suis pas particulièrement dans le « secret des Dieux », avait répondu Elizabeth, avec un petit rire déplaisant. Je suppose que le docteur nous annoncera ça, lui-même tout à l'heure. Donc, nous pouvons compter sur vous, n'est-ce pas ? À huit heures. Tâchez d'être ponctuel : vous savez que ce bon docteur a horreur de l'attente… sauf quand c'est lui qui fait attendre !

Elle avait raccroché sans laisser à Alexandre Siniac le loisir d'émettre la moindre objection. Il avait commencé par décider qu'il n'irait pas, qu'il n'était pas le genre d'homme que l'on peut convoquer comme un vulgaire domestique.

Mais, en même temps, quelque chose lui disait qu'il ferait mieux d'y aller. Une petite voix inconnue qui lui soufflait que son intérêt était d'être présent, à cette étrange réunion improvisée.

Et la même petite voix avait achevé de le décider, en lui murmurant que, peut-être, la réunion en question avait quelque chose à voir avec la mort soudaine et violente de Nathalie Chambrun.

Une mort que Robert Malouin lui avait confirmée, d'un simple hochement de tête, lorsqu'il était rentré de Paris, en tout début d'après-midi, au volant de la Lamborghini.

En réalisant qu'il était désormais le commanditaire d'un meurtre véritable, Siniac avait été comme pris de vertige. Au point qu'il en avait complètement oublié de passer un savon à son intendant, pour s'être servi de la Lamborghini : justement celle de ses quatre voitures qu'il ne supportait pas que qui que ce soit d'autre que lui conduise.

Du coup, après une bonne heure de tergiversations, et trois whiskies bien tassés plus tard, Alexandre Siniac s'était décidé pour une cote mal taillée : il se rendrait à cette foutue réunion, d'accord, mais il se ferait accompagner par Robert Malouin. Et il exigerait fermement que son intendant assiste à tout ce qui pourrait être dit.

La présence à son côté de l'ex-mercenaire avait toujours eu cet effet sur lui, ce pouvoir de le rassurer. Comme quand il était enfant, et qu'il allait se réfugier sous le grand bureau de son père, dans cette pièce silencieuse, débordante de livres du sol au plafond.

Il était huit heures moins cinq lorsque la Mercedes franchit la grande grille ouverte de la clinique du Val d'Or, au moment où une ambulance en sortait. Robert Malouin négligea la clinique proprement dite, pour emprunter l'allée qui, à droite, s'enfonçait parmi les grands arbres centenaires. Un peu plus loin, le sentier longeait un gros ruisseau, enjambé par une passerelle de bois conduisant à un petit kiosque à musique champêtre.

Une minute plus tard, la voiture déboucha sur l'esplanade du manoir et s'immobilisa sur la droite du bâtiment de style anglais, en faisant crisser les petits gravillons blancs sous ses pneus larges.

Comme la pluie s'était remise à tomber, une petite pluie fine, froide et grise, qui faisait plutôt penser à novembre qu'à août, les deux hommes se dépêchèrent d'accéder à la véranda ouverte, entièrement construite en éléments de bois peints en blanc, à l'image des vérandas du sud-est des Etats-Unis, Virginie ou Louisiane, et surmontée d'un toit d'ardoises à double pignon.

Ils furent accueillis par Elizabeth Woodyard, vêtue d'un tailleur gris foncé, assez austère, mais sous lequel elle ne portait visiblement rien d'autre qu'un soutien-gorge, dont on apercevait, par l'échancrure, le liseré de dentelle noire du bonnet droit.

Elle fronça les sourcils et son visage se ferma brusquement, en reconnaissant Robert Malouin, qui marchait en retrait de son patron. Elle se tourna vers Siniac :

– Qu'est-ce qu'il fait ici, celui-là ? C'est une réunion des membres de la Guilde, et les personnes extérieures ne sont pas admises…

– Eh bien ! il faudra qu'il le soit ! répondit Siniac, d'un ton inutilement agressif, comme s'il cherchait à se donner le courage d'affronter cette femme dont la personnalité et la stature physique l'avaient toujours impressionné. C'est ça ou je me tire aussi !

– Bon… C'est bien, entrez, dans ce cas… soupira l'Anglaise, après un temps d'hésitation. Mais je ne sais pas si le docteur va être très content…

– M'en fous ! grommela Siniac, avec la voix d'un gamin buté, tout en suivant Elizabeth à travers le grand hall d'entrée, vers la double porte du salon donnant sur le parc.

Sur leur passage, dans le couloir conduisant au salon en question, une porte se ferma brutalement, mais personne n'y prêta attention.

Philippe Soliveau était déjà là, planté devant la grande baie vitrée, un verre d'alcool ambré à la main gauche et une cigarette fumante dans l'autre. Au bruit que fit la porte en s'ouvrant, il se retourna d'un bloc.

D'instinct, à son visage sombre, fermé à double

tour, Alexandre Siniac sut que le maître de maison était déjà au courant, pour la mort de Nathalie Chambrun. Il risquait d'y avoir du sport…

Malgré lui, il chercha son intendant des yeux, et la silhouette massive de l'ex-mercenaire, à sa gauche, légèrement en retrait, le rassura aussitôt.

Effectivement, Philippe Soliveau l'attaqua bille en tête, marchant droit sur lui :

– Ah ! te voilà, toi ! Est-ce que tu te rends compte de la merde dans laquelle tu nous as foutus ? Tu es devenu complètement con, ou quoi ?

Par pur réflexe, Siniac se mit à jouer à l'innocent au courant de rien :

– Eh bien ! qu'est-ce qui t'arrive, mon vieux ? Qu'est-ce que j'ai fait, encore ?

Aussitôt, il se rendit compte que l'espèce de coassement tremblé qui venait de sortir de sa bouche était tout, sauf convaincant…

– Arrête tes conneries, tu veux ! explosa alors Philippe Soliveau, en reposant si violemment son verre sur le manteau de la cheminée, qu'il macula le marbre gris et vert de whisky. J'ai appris la mort de Nathalie Chambrun en milieu d'après-midi, figure-toi !

Siniac fit une dernière tentative, essayant de jouer l'étonnement :

– Comment ça, morte ? Mais je ne savais pas ! Et qu'est-ce que je viens faire là-dedans, moi ?

Mais il se rendit compte qu'il était de plus en plus piteux, lamentable, et il décida d'un coup de dire la vérité aux deux autres. Elizabeth Woodyard l'y aida.

Elle vint vers lui, le prit doucement par les épaules et le força à s'asseoir dans le fauteuil le plus proche.

– Alexandre, pourquoi vous obstiner ? dit-elle d'une voix douce, presque maternelle. Ce qui est fait est fait, n'est-ce pas ? Maintenant, il s'agit de ne pas prendre sur la tête la foudre que vous avez déclenchée...

Les épaules du banquier se voûtèrent d'un coup, et le peu de superbe qui lui restait s'évanouit. Il essaya de dire quelque chose, mais seul un balbutiement informe franchit le seuil de ses lèvres décolorées.

Heureusement, voyant son patron en difficulté, Robert Malouin lui sauva la mise.

– C'est moi qui ai supprimé cette folle, dit-il d'une voix nette, en toisant les deux autres d'un regard parfaitement tranquille. Vous avez quelque chose contre ? Vous devriez plutôt nous remercier, Monsieur Siniac et moi !

Philippe Soliveau esquissa un geste de protestation et ouvrit la bouche, mais Malouin ne lui laissa pas le temps de proférer la moindre parole.

– Parfaitement : nous remercier ! répéta-t-il avec force, en serrant ses deux énormes poings. Laisser cette fille se balader dans la nature, lui donner le loisir d'aller raconter son histoire un peu partout, ça revenait à jeter une grosse pierre en l'air en priant pour qu'elle ne vous retombe pas sur la tête ! Il fallait absolument la mettre hors circuit, pour couper net la piste entre elle et vous !

Robert Malouin fit deux pas en direction de Philippe Soliveau, qui recula instinctivement, jusqu'à ce que son dos entre en contact avec le manteau de la cheminée.

– Maintenant, grâce à l'initiative de Monsieur Siniac, son initiative courageuse, vous pouvez dormir tranquilles ! D'autant que je me suis arrangé pour maquiller cette mort en un avortement sauvage qui aurait mal tourné. Ce que, vu la personnalité hystérique de l'intéressée, tout le monde va s'empresser de croire, y compris les flics qui ont d'autres chats à fouetter, croyez-moi !

Malouin se détourna brusquement de Soliveau et enveloppa Elizabeth de son regard fixe et intense :

– Maintenant que l'affaire est réglée, je propose qu'on boive un coup et qu'on fasse ce qu'il faut pour se détendre, tous ensemble. C'est toujours très mauvais, de rester sous le coup de la colère et du ressentiment. Qu'est-ce que vous en pensez, chère Madame ?

Tout en parlant, et en maintenant l'infirmière sous le feu de son regard, il s'était avancé vers elle, de sa démarche à la fois souple et puissante de fauve. Sur les derniers mots, prononcés sur un ton légèrement ironique, il posa ses énormes paluches sur ses épaules. Le contact des gros doigts poilus la fit longuement frissonner.

Et, lorsqu'elle baissa les yeux, la protubérance dure qui se devinait sous le pantalon un peu trop large de Malouin lui fit monter le feu aux joues. Sa respiration s'accéléra, ce que ne manqua pas de sentir l'homme qui la tenait maintenant à sa merci.

– Vous savez que je vous ai toujours trouvée

vraiment bandante, avec vos gros nichons ? fit l'ex-mercenaire, d'une voix plus sourde, sans se soucier de choquer ou non cette femme que, finalement, il connaissait à peine. Je suis certain que, sous vos grands airs un peu hautains, vous devez être une sacrée belle salope…

Il attira l'infirmière contre lui, sans qu'elle fasse seulement semblant de résister. D'une main irrésistible, il empoigna sa croupe large et la plaqua contre lui.

– Tu sens comme je bande ? Je suis sûr que tu meurs d'envie d'en tâter, de ma belle grosse queue, avoue-le !

Elizabeth se taisait, incapable de prononcer le moindre mot. Son esprit était le théâtre d'une lutte silencieuse mais acharnée. Entre la voix de la raison et de la fierté, qui lui commandait de repousser ce malotru et de le gifler, et une autre voix, plus sourde mais plus profonde, celle de son désir, qui lui susurrait qu'elle pouvait parfaitement se laisser aller dans les bras de ce colosse surmembré… comme elle en mourait d'envie.

À quelques mètres d'eux, les deux autres hommes s'étaient immobilisés, chacun dans la position qui était la sienne quelques secondes auparavant : Philippe Soliveau adossé au manteau de la cheminée, et Alexandre Siniac dans le fauteuil où Elizabeth l'avait fait asseoir.

Et tous les deux dévoraient le couple avec des yeux luisants d'excitation.

Lorsque, de ses gros doigts, Malouin fit sauter le premier bouton de son tailleur, Elizabeth ne protesta pas. Au contraire, elle cambra les reins, pour faire saillir encore plus les deux obus de sa formidable poitrine. Et pour appuyer un peu plus son ventre contre l'énorme barre de chair qui distendait le pantalon de son partenaire.

Au deuxième bouton, elle laissa sa main droite glisser entre leurs deux corps, et ses doigts se refermèrent en tremblant d'impatience autour de la hampe noueuse et palpitante, à travers l'étoffe souple.

Lorsque la veste de son tailleur fut totalement déboutonnée, Malouin la lui arracha littéralement des épaules, et cette violence quasi animale fit frissonner Elizabeth, dont les doigts s'attaquèrent maladroitement à la boucle de ceinture de son partenaire.

Du coin de l'œil, l'Anglaise vit Philippe Soliveau se détacher de la cheminée contre laquelle il était adossé, pour s'approcher d'eux.

Tout en déboutonnant posément son propre pantalon, avant d'en extraire son sexe en semi-érection.

– Il a raison, souffla le docteur en désignant Malouin d'un petit mouvement du menton : pourquoi ne pas nous détendre un peu, tous ensemble ? Après tout, il n'y a pas de mal à se faire du bien, n'est-ce pas ?

Tout en parlant, il avait saisi la main gauche d'Elizabeth pour la placer d'autorité sur son sexe. Docilement, l'infirmière enroula ses doigts autour de la verge qui ne cessait de gonfler et de durcir.

Tandis que, de l'autre main, elle finissait d'extraire du pantalon l'énorme virilité de Robert Malouin. Malouin dont, à présent, la bouche s'était refermée sur l'un de ses mamelons dressés et le mordillait avec une sorte de fièvre. En même temps, il avait glissé ses deux mains sous la jupe du tailleur et pétrissait la large croupe d'Elizabeth, insinuant ses gros doigts dans le profond sillon brûlant qui séparait ses gigantesques fesses dures.

Seul Alexandre Siniac n'avait pas bougé de son fauteuil. Mais, tout comme Soliveau un instant plus tôt, il avait ouvert son pantalon de lin anthracite, pour en sortir sa verge tendue, qu'il caressait rapidement, avec une sorte de rage.

Tandis que ses yeux semblaient comme hypnotisés par l'énorme sexe de son intendant, savamment et langoureusement manipulé par Elizabeth.

Soudain, sans lâcher le membre de son patron, l'infirmière se laissa tomber à genoux devant Malouin, qui comprit aussitôt ce qu'elle avait en tête. Il avança le ventre jusqu'à frôler les lèvres brillantes d'Elizabeth de la pointe de sa verge palpitante :

– Tu as envie de la sucer, hein ? Eh bien ! surtout, ne te gêne pas, ma belle cochonne ! Allez, vas-y, ouvre toute grande la bouche !

Elizabeth ne se le fit pas dire deux fois. Lèvres écarquillées, elle parvint à engloutir plus de la moitié de la lourde matraque de chair brune qui se tendait vers son visage en feu.

En même temps, et tout en continuant à caresser Soliveau, qui respirait de plus en plus vite et bruyamment, elle envoya son autre main entre ses propres cuisses, et enfouit ses doigts au centre de l'incroyable forêt noire qui proliférait au bas de son ventre.

Robert Malouin ne la laissa pas l'engloutir très longtemps : il avait envie d'autre chose. Insensiblement, c'est lui qui avait pris le contrôle des opérations, et personne ne songeait plus à lui désobéir, tant était grand son ascendant, et puissant son désir.

– Allez, pompe le toubib, maintenant ! ordonna l'ex-mercenaire d'un ton sans réplique. Et tends bien ton gros cul, que je puisse te fourrer en même temps !

Toujours à genoux, Elizabeth se traîna jusqu'à Soliveau, dont elle avala en geignant de désir le sexe gonflé à bloc. En même temps, elle creusa les reins, afin de dégager le superbe fruit mûr de son intimité, à peine visible sous l'épaisse broussaille qui envahissait le bas de son ventre.

Elle eut un profond tressaillement de tout le corps, lorsque les énormes paluches de Malouin la saisirent par les hanches, et elle creusa les reins encore davantage.

Son partenaire se rua en elle d'une seule poussée, à la fois lente et d'une puissance irrésistible.

Alors, et alors seulement, Alexandre Siniac se leva de son fauteuil et, d'une démarche incertaine d'ivrogne, son sexe toujours en main, s'approcha du trio, le visage écarlate et les lèvres humides.

Il s'agenouilla tout contre le buste de l'infirmière, dont le corps tressautait sous les formidables coups de boutoir que lui infligeait Malouin. Sans cesser de se masturber, il glissa son autre main sous le ventre d'Elizabeth et la faufila en direction de son sexe, dilaté par la virilité de son intendant.

Mais, sous couvert de caresser la jeune femme, d'augmenter le plaisir qui commençait de la posséder, il enroula *comme par mégarde* ses doigts autour du sexe mâle qui allait et venait dans son ventre en fusion.

Presque aussitôt, une semence laiteuse jaillit du sexe de Siniac, en longs filaments crémeux, lui arrachant un hoquet de plaisir. Aussitôt, il lâcha la verge de son intendant et se laissa tomber sur le tapis, le corps secoué par ce qui ressemblait étrangement à un sanglot.

Au même moment, derrière la porte entrouverte, se fit entendre une sorte de glissement caoutchouteux. Mais, pris dans la même fièvre érotique, aucune des quatre personnes présentes dans le salon n'y prêta attention…

*
* *

Bernadette Soliveau ne parvenait plus à détacher ses yeux exorbités du spectacle répugnant qu'elle venait de découvrir, à l'intérieur du salon.

Elle souffrait atrocement de ce qu'elle voyait, mais, malgré cette douleur qui lui vrillait le cerveau, elle n'arrivait pas à faire reculer son fauteuil de paralytique.

De temps en temps, elle baissait la tête, au prix d'un effort surhumain, et la scène monstrueuse disparaissait. Mais, presque aussitôt, elle relevait les yeux malgré elle, et tout s'imprimait à nouveau sur ses rétines.

Elizabeth, son Elizabeth, agenouillée sur le tapis chamarré du salon.

Elizabeth prenant dans sa bouche la verge luisante et rouge de son mari. Et l'engloutissant avec une sorte d'avidité proprement répugnante.

Et surtout, Elizabeth, croupe tendue, corps frémissant, se laissant posséder par le membre énorme de cette espèce de gorille à peine humain, qui s'engloutissait dans sa fleur la plus délicate, avec des halètements de porc en rut.

Sans même parler du troisième homme en train de se masturber frénétiquement, tout en souillant le corps d'Elizabeth de ses attouchements immondes.

De ses lèvres exsangues, entrouvertes sur une sorte de rictus douloureux, Bernadette laissa échapper un petit cri de désespoir. Aussitôt, comme si le son de sa propre voix lui avait rendu l'usage de ses mains et de ses bras, elle trouva la force de faire reculer son fauteuil.

Elle le fit pivoter sur lui-même et, actionnant rageusement le petit levier de bakélite noire qui actionnait le moteur, fila à travers le couloir, puis le hall, en direction de l'ascenseur lui permettant de regagner sa chambre.

Une fois parvenue chez elle, elle fila droit à la grande salle de bain décorée d'*azulejos,* et tira rageusement sur le cordon qui pendait à droite de la grande baignoire.

Elle fit de nouveau pivoter son fauteuil et se

retrouva face au grand miroir mural. L'expression de haine qui déformait son visage très pâle lui fit presque peur.

Elizabeth ! Comment avait-elle pu ? Quelle trahison ! Se livrer ainsi, comme une chienne lubrique, à ces hommes en rut ! Et dont son propre mari, en plus !

S'efforçant de respirer bien à fond pour se calmer, Bernadette se rendit compte qu'elle se fichait éperdument que Philippe la trompe ou non. Ils n'en étaient plus là, tous les deux, depuis son accident.

À bien y réfléchir, même, ils n'en étaient déjà plus là *avant* son accident…

Depuis ce jour-là, depuis ce drame qui la contraignait à une immobilité presque complète, Bernadette Soliveau avait eu le temps de réfléchir, sur elle-même et sur les autres.

Puisqu'il n'y avait plus que son cerveau qui fonctionnait encore parfaitement, dans son corps diminué.

Et elle s'était vite rendu compte que jamais elle n'avait vraiment éprouvé de plaisir dans les bras de Philippe. Ni dans ceux des trois ou quatre hommes qu'elle avait connus avant lui. Alors, qu'il la trompe ou non…

Du reste, elle savait parfaitement qu'il allait chercher ailleurs les plaisirs qu'elle ne pouvait ni ne voulait plus lui donner. Et, bon an mal an, elle avait fini par trouver cela parfaitement normal. Admissible, en tout cas.

Par contre que son infirmière personnelle puisse accepter d'être déshabillée, palpée, investie, fouillée par ces trois mâles répugnants de désir brutal, ça, elle ne pouvait pas l'admettre. C'était comme un fer rouge qui lui fouaillait la poitrine et lui tordait les entrailles.

Bernadette tressaillit légèrement, lorsque la porte de la salle de bain s'ouvrit, dans son dos. Elle s'efforça de rester immobile et de maîtriser le tremblement qui s'était emparé de tout son corps.

– Vous m'avez demandée ? fit la voix calme et un peu voilée d'Elizabeth Woodyard, dont les chaussures claquaient sur le carrelage.

– Évidemment que je vous ai appelée ! répondit Bernadette Soliveau, d'un ton excédé. Vous ne voyez pas que c'est l'heure de me mettre au lit ? Je me demande bien ce que vous pouviez faire, en bas…

L'infirmière fit pivoter le fauteuil et plongea ses yeux dans ceux de Bernadette. Cherchant à y lire ce qu'elle avait bien pu découvrir de ce qui se passait, et surtout de ce qui s'était dit dans le salon, quelques minutes plus tôt.

Car, contrairement aux trois hommes, elle avait parfaitement entendu le petit cri poussé par l'infirme, de l'autre côté de la porte entrebâillée.

L'espèce de fureur jalouse, d'exaspération amoureuse qu'elle crut lire dans les prunelles sombres la rassura plutôt : si jamais Bernadette les avait entendus parler de la mort de Nathalie Chambrun, elle aurait probablement eu un tout autre regard…

Une ombre de sourire se dessina sur ses lèvres un peu trop rouges. S'il ne s'agissait que d'une simple frustration, pour l'avoir vue se livrer aux appétits sexuels des trois hommes, elle savait comment arranger ça…

– Très bien, Madame, je vais vous aider à vous coucher, dit-elle d'une voix très douce, en se baissant pour prendre Bernadette dans ses bras.

Aussitôt, l'infirme s'accrocha à son cou et blottit son visage contre son imposante poitrine. À côté du corps imposant et massif de l'infirmière, le sien, tout menu, fragile, enveloppé dans un peignoir bleu ciel et or, semblait être celui d'une enfant à peine nubile.

Sans le moindre effort apparent, l'Anglaise transporta Bernadette de la salle de bain jusqu'à la chambre, où elle la déposa délicatement sur son lit. Avec des gestes précautionneux, elle entreprit de la débarrasser de son peignoir.

Lorsque son corps étonnamment juvénile fut dévoilé aux regards de son infirmière, Bernadette ne put empêcher sa respiration de s'accélérer. En même temps, elle sentit toute sa colère refluer rapidement.

Pour être remplacée par un autre sentiment, aussi fort, mais beaucoup plus trouble…

Tandis qu'elle offrait complaisamment sa poitrine, son ventre, ses cuisses aux yeux d'Elizabeth, Bernadette sentit une brusque chaleur lui empourprer le visage. Elle venait de revoir son infirmière engloutissant le sexe tendu de son mari, et accueillir dans son ventre écartelé celui, énorme et rouge, de Robert Malouin.

Sauf que, cette fois, ce ne fut plus de la colère

qu'elle en ressentit, mais une intense et brutale excitation. Excitation qui la poussa à tendre les bras en direction d'Elizabeth.

Avec un petit sourire, celle-ci se pencha en avant. Tout naturellement, ses lèvres entrèrent en contact avec celle de l'infirme. Qui, aussitôt, l'embrassa presque sauvagement, tout en laissant ses mains parcourir fiévreusement le corps massif de l'Anglaise.

– Pourquoi est-ce que vous vous mettez dans des états pareils ? chuchota Elizabeth, d'un ton de reproche, en écartant sa bouche de celle de Bernadette. Ça n'en vaut pas la peine, je vous assure. « Ils » ne représentent rien pour moi. Il n'y a que toi…

Bernadette tressaillit violemment, en entendant son infirmière adopter le tutoiement. C'est-à-dire la forme qu'elle employait toujours lorsqu'elles…

Elle n'eut pas besoin non plus de lui demander à qui elle faisait allusion en disant « ils ». Elle savait qu'il s'agissait des trois hommes qui devaient l'attendre avec impatience, dans le salon, en bas.

– Caressez-moi ! implora-t-elle, en détournant malgré elle le regard du visage de l'infirmière. J'en ai tellement besoin, si vous saviez…

Car, lorsque l'atmosphère devenait vraiment érotique entre elles, Elizabeth se mettait à tutoyer sa patronne, mais Bernadette, elle, continuait de vouvoyer l'infirmière…

Elizabeth eut un petit rire de gorge. Un rire excité, presque canaille. Elle se releva du lit et entreprit de déboutonner sa veste de tailleur, qu'elle avait renfilée à la hâte avant de quitter le salon.

– Attends, je vais me mettre à l'aise, moi aussi, murmura-t-elle, en coulant un regard brûlant à Bernadette, ça sera beaucoup mieux…

La veste tomba à terre, suivie aussitôt par la jupe. Elizabeth apparut, uniquement vêtue de ses dessous de dentelle noire. Les deux obus fermes et soyeux de sa poitrine semblaient prêts à jaillir des bonnets du soutien-gorge, tandis que sa large croupe paraissait devoir faire littéralement exploser la petite culotte qui essayait de la contenir.

– Tu me trouves belle ? demanda-t-elle, avec une certaine coquetterie, les mains sur les hanches, les reins cambrés pour faire ressortir son buste.

– Vous le savez bien… murmura Bernadette, qui la dévorait du regard.

Elizabeth eut un petit rire satisfait, et, jetant ses bras derrière son dos, dégrafa son soutien-gorge. Elle découvrit une poitrine volumineuse, nantie de deux larges aréoles brunes, dont les mamelons étaient pleinement érigés.

Les deux gros seins s'affaissèrent un petit peu sous leur propre poids, et Elisabeth prit un malin plaisir à les caresser doucement, dessus et dessous, à en palper la masse soyeuse et élastique, à en faire rouler les pointes entre ses doigts, pour accroître l'excitation qu'elle pouvait lire dans les yeux de Bernadette, dont les cuisses fines s'étaient ouvertes, comme malgré elle.

Bernadette ne pouvait plus détacher ses pupilles

dilatées de l'incroyable fouillis de poils noirs et drus qui s'épanouissaient sur le ventre large de son infirmière. C'était comme une efflorescence sauvage, une prolifération érotique, qui s'enfonçait loin entre les cuisses massives, dans les replis secrets de sa féminité.

Après s'être bien fait admirer, après avoir lu le désir monter dans les yeux écarquillés de Bernadette, Elizabeth s'assit de nouveau sur le lit.

Aussitôt, la main de l'infirme vint se poser sur sa cuisse, et la serra en un geste de possession jalouse. Les doigts maigres remontèrent sur la peau satinée, pour venir s'enfouir avec une sorte d'impatience dans son épaisse toison pubienne.

Elizabeth eut un petit rire chatouillé :

– Comme tu es impatiente ! Attends, calme-toi, détends-toi : je vais bien m'occuper de toi, ma jolie !

Elle se pencha sur le corps frémissant de Bernadette, et posa doucement sa bouche sur son sein menu, happant délicatement entre ses lèvres le mamelon rose et dur qui dardait au centre de l'aréole.

Aussitôt, l'infirme se mit à gémir, son corps se tendit, et elle plongea ses deux mains dans les épais cheveux noirs de l'infirmière.

– Oh oui ! soupira-t-elle d'une voix mourante, continuez... Faites-moi jouir, s'il vous plaît !

Son ton n'avait plus rien de celui d'une patronne qui commande et exige. Ni même d'une malade habituée à ce qu'on lui passe son moindre caprice.

C'était celui d'une femme qui implore le plaisir,

d'une amoureuse qui quémande la tendresse.

Elizabeth fit lentement descendre sa bouche le long du ventre palpitant de Bernadette, s'attarda du bout de la langue autour de son nombril, avant de descendre encore plus bas. Elle fit exprès de contourner le buisson sombre et ardent, picorant de petits baisers le haut des cuisses de l'infirme, pour le seul plaisir de l'entendre geindre et implorer des caresses plus précises.

Pour la sentir totalement en son pouvoir.

Lorsque ce fut le cas, lorsque Bernadette se mit à littéralement sangloter de désir frustré, Elizabeth plongea ses lèvres douces et expertes au centre de la fournaise odorante qui se tendait vers elle, à petits coups de reins nerveux.

Un long râle de bonheur retentit dans la chambre, lorsque sa langue agile débusqua le petit bouton dur et luisant, niché au cœur de cette corolle en train de s'épanouir, de se consteller de rosée amoureuse.

Sans doute à cause de la tension nerveuse qu'elle avait accumulée, Bernadette atteignit très vite les sommets du plaisir. Sous les coups de langue de plus en plus fiévreux d'Elizabeth, elle fut tordue dans tous les sens par un orgasme ravageur et puissant.

Puis, tel un pantin désarticulé, elle retomba sur le lit, haletante, brisée, le corps couvert d'une fine pellicule de sueur translucide.

Avec autant de calme que si elle venait simplement de border l'infirme dans son lit, Elizabeth Woodyard se redressa, le visage barbouillé du plaisir qu'elle venait d'offrir à Bernadette Soliveau, lui adressa un sourire distrait tout en se rhabillant rapidement.

– Vous allez les rejoindre, n'est-ce pas ? souffla la jeune femme, en se recroquevillant au creux de son lit comme une enfant.

Elizabeth la toisa d'un air sévère :

– Voyons, vous n'allez pas recommencer à vous énerver pour rien ! Il faut dormir, maintenant. Et, si vous voulez le savoir, j'ai l'intention d'aller directement me coucher, moi aussi ! C'est mieux, comme ça ?

L'intermède sexuel était terminé, l'amante était redevenue garde-malade, elle avait donc repris aussitôt le vouvoiement de rigueur…

Sans attendre de réponse, elle passa dans la salle de bain pour remettre de l'ordre dans sa tenue. Sans voir le regard intense que Bernadette lui lançait, comme si elle voulait lui en transpercer le dos.

« Tu t'imagines peut-être que tu m'as matée, simplement parce que tu viens de me faire jouir, espèce de truie répugnante ! songeait Bernadette, le visage brûlant d'une haine glacée. Mais tu me connais bien mal ! D'ailleurs, tout le monde me connaît mal, ici… y compris mon imbécile de mari. Mais, bientôt, très bientôt, vous allez apprendre à savoir qui je suis. Seulement, à ce moment-là, il sera trop tard pour vous… »

Car, maintenant que ses sens s'apaisaient lentement, Bernadette Soliveau venait de prendre sa décision. Irrévocable et brutale.

En écoutant ce que son mari et les trois autres se disaient, dans le grand salon, elle avait compris de quoi il s'agissait. Ces dangereux imbéciles avaient franchi une sorte de « ligne blanche ». De simples violeurs de femmes droguées, ils étaient devenus des assassins !

Contrairement à ce que pensait son crétin de mari, il y avait déjà un petit bout de temps qu'elle avait compris à quoi lui et ses amis passaient certaines de leurs soirées. Ce qui arrivait aux malheureuses qu'ils transportaient, la nuit venue, depuis la clinique jusqu'à la cave aménagée du manoir.

Mais, tout ça, ce n'était à ses yeux que de petits débordements sans conséquence. Tandis que, maintenant, ils devenaient des criminels. Des gens au bord d'un précipice, où ils risquaient d'entraîner tout le monde avec eux.

Derrière la porte entrebâillée du salon, Bernadette avait alors réalisé quelle catastrophe était en marche. Et, là, brusquement, elle avait cessé d'être Madame Soliveau, pour redevenir une d'Halicourt.

L'héritière d'un nom sans tache.

Et pour qu'il le reste, sans tache, Bernadette était désormais prête à tout sacrifier, clinique, fortune, position sociale et tout le reste.

Y compris son mari.

CHAPITRE X

Boris Corentin rangea sa voiture de service le long du mur de la propriété d'Alexandre Siniac, située en bordure du magnifique parc de la Malmaison, à Rueil.

Ce matin, en arrivant au quai des Orfèvres, Aimé Brichot et lui s'étaient répartis les tâches. Tandis qu'il chargeait son coéquipier d'aller fourrer un peu son nez dans les listings de la clinique du Val d'Or, lui s'était réservé de faire une petite visite au banquier, propriétaire de la Lamborghini qu'il avait vue devant le domicile de Nathalie Chambrun très peu de temps avant sa mort.

Car le corps de la malheureuse avait « parlé ».

Tard dans la soirée, le docteur Flutiaux – plaisantin invétéré, mais d'une conscience professionnelle comme on n'en fait plus – avait téléphoné à Corentin chez lui, pour lui faire part des résultats de son autopsie.

– Elle est curieuse, votre petite amie, lui avait-il annoncé, de son ton réjoui habituel.

– Qu'est-ce que vous entendez par « curieuse » ? avait demandé Corentin, négligeant volontairement le

« petite amie » qui suivait.

– Eh bien! c'est très rare de voir une candidate à l'avortement sauvage avoir des rapports sexuels *juste avant* de se charcuter elle-même... En tout cas, moi, j'avais encore jamais vu... De plus, j'ai trouvé une forte ecchymose à la base de sa nuque. Un gros choc, si vous préférez...

– Elle n'a pas pu se le faire en tombant dans la salle de bain, ou quelque chose comme ça? avait demandé Corentin.

– Si, évidemment, c'est toujours possible... Mais la trace est vraiment très nette... Personnellement, je pencherais plutôt pour un coup violent, voyez...

Bref, il n'était pas du tout impossible que Nathalie Chambrun n'ait pas essayé de « faire passer » elle-même le fœtus qu'elle portait.

Peut-être qu'on l'avait supprimée, puis qu'on avait maquillé cet assassinat en avortement ayant mal tourné, histoire de brouiller un peu les pistes...

Boris Corentin se présenta devant la grille de la propriété de Siniac, et constata qu'elle était grand ouverte. Négligeant délibérément l'interphone, fixé sur le pilier gauche, il pénétra dans le parc d'un pas décidé.

Il n'avait pas téléphoné avant de venir, prenant délibérément le risque de trouver la maison vide.

Parce qu'il comptait sur un effet de surprise, toujours possible, si jamais il parvenait à avoir un entretien avec le maître des lieux.

La première chose qu'il vit, une fois à l'intérieur du parc, fut la maison de gardien, située à gauche de l'entrée, à demi camouflée par une haute et touffue haie de troènes, qui auraient eu besoin d'une taille sévère. Il l'ignora délibérément et continua de remonter l'allée sinueuse, en direction de la bâtisse principale, encore invisible, à cause des nombreux arbres – des chênes, des hêtres et des marronniers, principalement – qui encombraient le parc.

Il la découvrit d'un coup, au détour d'un brusque coude de l'allée, qui débouchait sur une vaste pelouse parsemée de massifs de fleurs multicolores.

C'était une sorte d'hôtel particulier élevé sur trois niveaux, en comptant les pièces mansardées s'ouvrant dans les pignons très pointus du toit d'ardoises. Elle avait un aspect massif, sévère, sans doute à cause du granit gris dont étaient bâtis ses murs, à peine éclaircis par les fenêtres à petits carreaux rectangulaires, aux linteaux et aux montants verticaux badigeonnés de blanc.

Devant la maison s'étalait une large terrasse, cernée par une balustrade de pierre, à laquelle on accédait par un escalier assez large de quatre marches en arrondi.

Boris Corentin allait gravir les degrés en question, lorsque son œil fut attiré par une tache jaune, le long du mur transversal nord de la maison.

Il tourna la tête dans cette direction, et sentit les battements de son cœur s'accélérer brusquement.

C'était une voiture, garée sous une espèce d'auvent de bois, recouvert de petites ardoises luisant sous le soleil qui filtrait à travers les branches d'un grand marronnier.

C'était la Lamborghini que, la veille, il avait vu arriver rue Jouffroy et se garer à quelques mètres de l'immeuble où habitait Nathalie Chambrun.

Corentin résista à l'envie qu'il avait d'aller l'examiner de plus près : si jamais quelqu'un l'avait vu traverser le parc, depuis l'une des fenêtres de la maison, ce n'était pas la peine d'éveiller ses soupçons…

Il grimpa rapidement les quatre marches, traversa la grande terrasse et frappa trois coups à la grande porte de chêne massif, en se servant du heurtoir de cuivre en forme de poing fermé qui y était fixé.

Les coups résonnèrent longuement à l'intérieur, mais rien d'autre ne bougea.

Corentin frappa une nouvelle fois, un peu plus fort. Sans plus de résultat.

Il poussa un gros soupir agacé. Personne. Évidemment, il aurait dû s'en douter : en milieu de matinée, un jour de semaine, tout banquier qui se respecte est à son bureau, plutôt que chez lui…

Par acquit de conscience, il allait frapper une troisième fois, lorsqu'il sentit une présence derrière lui. Il n'y avait pas eu le moindre bruit, pas même un souffle trahissant l'arrivée d'un être vivant quelconque. Mais Corentin était sûr, à une certaine vibration de l'air, à quelque chose de plus lourd, de plus dense autour de lui, qu'il y avait quelqu'un dans son dos.

Il se retourna.

Et se retrouva nez à nez avec un homme qu'il ne

connaissait pas, mais qu'il avait déjà vu une fois.

C'était le conducteur de la Lamborghini, celui qui s'était engouffré sous ses yeux dans l'immeuble de Nathalie Chambrun, rue Jouffroy, vingt-quatre heures auparavant.

Le colosse fronça les sourcils, et Corentin vit une lueur d'incertitude passer dans ses petits yeux extraordinairement mobiles.

Comme si son vis-à-vis trouvait son visage vaguement familier, mais qu'il ne parvenait pas à déterminer où et quand il l'avait déjà vu.

– Qu'est-ce que vous faites ici ? demanda Robert Malouin, d'une voix plus agressive qu'il ne l'aurait lui-même voulue. Qu'est-ce que vous voulez ?

Boris Corentin eut un grand sourire, qu'il s'efforça de rendre aussi innocent – limite « niais » – que possible, et répondit d'un ton enjoué :

– Je suis à la recherche d'une propriété par ici, et comme j'ai vu la grille ouverte, je me suis permis d'entrer, pour voir si, par hasard, celle-ci, qui est superbe, ne serait pas à vendre. Parfois, il faut savoir solliciter la chance…

Quelque chose l'avait poussé à ne pas dévoiler son identité, et encore moins sa qualité de policier. Sans qu'il sache trop pourquoi, il lui semblait que le moment n'était pas venu d'abattre ses cartes, devant cet homme massif, au visage fermé, qui le contemplait d'un œil soupçonneux et totalement dénué d'aménité.

– Mauvaise pioche ! répondit sourdement Malouin.

Il n'y a rien pour vous ici ! Je vais vous demander de bien vouloir quitter les lieux…

– Bien sûr, bien sûr ! fit Corentin, d'un air empressé et cordial. Je ne vais évidemment pas vous déranger plus longtemps ! Après tout, on ne peut pas tirer le bon numéro à tous les coups, n'est-ce pas ? Vous croyez qu'il y a des propriétés de ce genre-là à vendre, dans le coin ?

Robert Malouin prit un visage franchement exaspéré :

– J'en sais rien et je m'en fous ! Maintenant, je vais *vraiment* vous demander de décarrer, d'accord ?

Cette fois, le ton était nettement exaspéré. Et, en même temps qu'il parlait, Robert Malouin avait levé les bras devant lui, mains ouvertes, comme s'il voulait repousser physiquement Corentin hors de la propriété.

Et Boris tomba en arrêt devant ces énormes paluches, au dos et aux doigts recouverts de poils noirs, qui les faisaient ressembler aux pattes d'une sorte de créature fantastique, mi-homme, mi-bête. Des mains comme des battoirs, qu'il avait déjà remarquées quand il avait vu cet homme, sur le trottoir de la rue Jouffroy.

C'est alors qu'une phrase prononcée par Nathalie Chambrun, lors de leur premier entretien, au quai des Orfèvres, lui revint en mémoire :

– L'un d'eux avait *de grosses griffes poilues*, avait-elle affirmé, en parlant des « extraterrestres » qui l'avaient prétendument violée, lors de cette fameuse nuit passée à la clinique du Val d'Or.

Si on considérait que la jeune femme était probablement sous l'emprise de drogues quelconques, qui déformaient sa perception des choses, les « griffes » en question pouvaient fort bien se rapporter en fait à des mains exceptionnellement grosses et poilues, *comme celles que possédait l'homme qui lui faisait face en ce moment*.

Après un vague au revoir, Boris Corentin fit demi-tour et partit à grandes enjambées en direction de l'enceinte de la propriété; en sentant dans son dos le regard lourd, presque menaçant, de Robert Malouin.

Décidément, il commençait à y avoir beaucoup trop de coïncidences dans cette affaire. Mais, avant de prétendre déclencher le « grand pataquès », il fallait encore élucider un certain nombre de points obscurs.

Que venait faire le conducteur de la Lamborghini d'Alexandre Siniac dans l'immeuble de la rue Jouffroy ? Était-ce lui l'assassin ou s'agissait-il d'une simple coïncidence ?

Ça, encore, c'était assez facile à déterminer : il suffisait de convoquer l'homme aux « griffes poilues », et de déterminer, en lui posant carrément la question, s'il connaissait *quelqu'un d'autre* dans l'immeuble.

Seulement, il fallait tenir compte des recommandations impératives de Charlie Badolini : y aller sur des œufs. Car Alexandre Siniac était un banquier puissant, influent, ayant des relations dans tous les milieux, y compris celui de la haute politique.

Et puis, surtout, ce qu'il fallait déterminer avant toute chose, c'était le lien éventuel qui pouvait exister entre Siniac d'une part et la clinique du Val d'Or d'autre part.

Seulement, pour ça, Boris Corentin ne possédait pas le plus petit début de piste…

*
* *

– Mais puisque je vous dis que le docteur Soliveau est absent pour toute la matinée !

Aimé Brichot remonta ses lunettes sur son nez d'un index légèrement impatient.

Ça faisait déjà un bon quart d'heure qu'il parlementait avec la responsable administrative de la clinique du Val d'Or, où il se trouvait sur ordre de Boris Corentin.

Et dûment muni d'une commission rogatoire délivrée deux heures plus tôt par le juge d'instruction.

L'objet de sa visite à la clinique était simple : consulter la liste des femmes qui, ces six derniers mois, avaient subi une insémination artificielle, par les bons soins du docteur Philippe Soliveau.

Mais la petite brune un peu boulotte, plutôt « gironde » mais au visage renfrogné et buté, ne voulait rien savoir : son patron était absent, donc elle ne prenait aucune initiative personnelle. Point barre.

– Mademoiselle, reprit patiemment Aimé Brichot, mais tout de même avec un début d'agacement dans la voix, je sais que le docteur Soliveau est absent, pour la bonne raison que vous me l'avez répété trois fois depuis cinq minutes. Mais c'est sans grande importance, vu que ce n'est pas lui que je suis venu voir ! Je veux juste consulter la liste de vos patientes, venues chez vous pour une insémination artificielle, et ce, pendant les six derniers mois. Et ce papier (il lui fourra sous le nez sa commission rogatoire) m'y autorise. Par conséquent, si vous ne satisfaisiez pas tout de suite à ma requête, vous risqueriez de vous retrouver inculpée par le juge pour entrave à la Justice. Pas le docteur Soliveau : vous, personnellement ! Est-ce que je me fais bien comprendre, mademoiselle ?

Cette fois, la petite brune perdit nettement de son assurance. Elle haussa les épaules :

– Après tout, pour ce que j'en ai à faire, moi…

Cinq minutes plus tard, Aimé Brichot se retrouvait dans une petite pièce vide et sans fenêtre, sinistre, assis derrière une table de bois, face à un ordinateur.

Sur l'écran s'affichait la liste qu'il avait réclamée, et obtenue avec bien du mal.

Elle comportait une quarantaine de noms de femmes et d'adresses, ainsi que les dates d'intervention, avec heures d'entrée et de sortie.

Dûment briefé par Boris Corentin, Brichot en pointa six qui, contrairement aux autres, lesquelles étaient entrées et sorties dans la même journée, avaient passé une nuit à la clinique du Val d'Or.

Il nota rapidement leurs noms et leurs coordonnées dans le petit calepin recouvert de cuir grenat qui ne quittait jamais sa poche, cadeau de ses jumelles, Rose et Colette, pour la dernière fête des pères.

Parmi les six, s'en trouvait une dont l'intervention avait eu lieu seulement trois jours plus tôt.

Elle se nommait Stéphanie Lamberteaux.

CHAPITRE XI

– Éric, arrête, voyons ! roucoula Stéphanie Lamberteaux, étendue à plat ventre, en travers du lit conjugal, entièrement nue, alors que la bouche de son mari descendait lentement le long de sa colonne vertébrale, la picorant de petits baisers. Tu vas encore être en retard à ton bureau, si tu continues à t'exciter bêtement comme ça !

– D'abord, je ne m'excite pas *bêtement* ! protesta Eric Lamberteaux en grimpant à genoux sur le lit, aux draps mauves tout chiffonnés. Et puis, en général, c'est le genre de *bêtise* que tu aimes, non ?

La jeune femme blonde, à la peau très blanche et comme veloutée, eut un petit rire de gorge :

– Ça, je dois reconnaître…

Comme il le faisait de temps en temps, lorsque l'occasion s'en présentait, Eric Lamberteaux avait quitté son bureau de La Défense, où il travaillait comme cadre supérieur dans une grosse boîte d'informatique, pour revenir déjeuner avec sa femme, dans leur appartement de la rue de la Ferme, à Neuilly. C'était pratique : il avait juste la Seine à traverser.

Il avait trouvé Stéphanie encore au lit, malgré l'heure, et, plutôt que de s'occuper du repas, il n'avait pas résisté à l'envie soudaine de la rejoindre dans leur chambre.

Ils avaient beau être mariés depuis plus de cinq ans, il ressentait toujours le même désir ardent pour elle, pour son corps sinueux et souple – qui savait si bien s'arquer sous le coup de fouet de l'orgasme –, pour sa croupe ronde et ferme, sa poitrine dont le volume tranchait superbement sur son buste fin d'adolescente attardée.

De son côté, Stéphanie adorait faire l'amour avec son mari. Elle aimait son corps à la fois délié et musclé – la pratique régulière de la natation – et surtout, elle restait fascinée par la verge lourde, longue et brune qui, à la moindre sollicitation, jaillissait au bas de son ventre et savait si bien la remplir de félicités diverses.

La remplir de partout…

Dans les premiers temps de leur mariage, la première fois qu'Eric lui avait demandé de se laisser sodomiser, Stéphanie avait refusé avec indignation.

Pour elle, pour la petite fille élevée dans les principes de la morale bourgeoise et chrétienne, qu'elle était restée malgré ses 25 ans, ce genre de pénétration devait être réservé aux filles que l'on paie pour subir ce genre d'outrages.

C'était du vice, rien de plus, rien de moins.

Mais Eric était revenu à la charge. Souvent. Patiemment. Tendrement. Et avec beaucoup de persuasion.

Comme une araignée qui tisse sa toile pour y piéger l'insecte convoité, il avait commencé, au moment des préliminaires, à la caresser à « cet endroit-là ». Il la massait délicatement du bout des doigts, avant d'en introduire un, puis deux, très doucement, dans le petit œillet plissé et récalcitrant.

De moins en moins récalcitrant, du reste...

Petit à petit, Stéphanie avait pris goût à cette manière « vicieuse » d'être pénétrée, investie. Au bout de quelques mois, lorsque Eric glissait ses doigts dans le profond sillon séparant ses fesses rondes, elle se cambrait et s'ouvrait d'elle-même, pour lui faciliter l'accès au petit orifice si ardemment convoité.

Un soir, un violent orage tonnait au dehors, ce n'est plus ses doigts mais sa langue, qu'il avait risquée dans les parages de ce point si délicat du corps féminin.

Et, pour la première fois, Stéphanie avait réellement joui, uniquement par le contact chaud, souple, vivant, inquisiteur de la langue d'Eric.

Ce plaisir avait fait, en quelque sorte, sauter une sorte de « verrou psychique », chez elle. Et, quelques jours plus tard, c'est elle-même qui, au beau milieu d'une séance amoureuse, s'était soudain mise à quatre pattes sur le lit, croupe relevée, reins cambrés, et avait demandé à son mari, dans un souffle, de la prendre « par là ».

Depuis, Stéphanie Lamberteaux prenait régulièrement de petites vacances avec Eric, ravi de l'aubaine, dans la radieuse cité de Sodome…

Mais, pour l'instant, dans la grande chambre, donnant sur le quai de Seine, on n'en était pas encore là.

À genoux sur le lit, surplombant de toute sa stature le corps nu et alangui de sa femme, Eric Lamberteaux était occupé à défaire un à un les boutons de sa chemise de soie d'un jaune très pâle. Lorsque son torse parfaitement imberbe et mince apparut, Stéphanie le caressa d'une main légère, agaçant du bout de son ongle les petits mamelons de son mari, qu'elle savait être presque aussi sensibles que les siens.

Mais, déjà, Eric s'était attaqué à la boucle de ceinture de son pantalon. Quand le vêtement fut ouvert, il en fit jaillir une virilité très longue et assez fine, délicatement veinée, aussi dure et tendue qu'une barre d'acier.

Stéphanie se souleva sur les coudes, le visage en feu, les yeux brillants. Elle approcha sa bouche de l'objet de sa convoitise et, comme par jeu, entreprit de parcourir la superbe verge à petits coups de langue mutins, pour le simple plaisir d'entendre les petits gémissements sourds qu'elle faisait naître chez Eric.

Celui-ci ne tarda pas à se lasser de ces petits jeux, trop innocents à son goût. Il repoussa Stéphanie, qui retomba mollement sur le drap chiffonné, poitrine soulevée par une respiration rapide, cuisses largement ouvertes.

Des cuisses fines et incroyablement douces, entre lesquelles Eric plongea son visage, avec une sorte de grognement de désir, venu du plus profond de sa gorge.

Le corps de Stéphanie s'arqua, lorsque la langue chaude et vivante de son mari se fraya un chemin au cœur de la petite forêt dorée de son ventre. Pour atteindre le point le plus sensible, le plus « électrique » de son intimité, ouverte en une irrésistible corolle parfumée.

Avec un art consommé, Éric aspira entre ses lèvres le petit bourgeon dur et gonflé, arrachant un cri de plaisir à sa femme. En même temps, il avait glissé ses mains sous ses fesses et les pétrissait avec une fièvre grandissante.

Rapidement, il eut envie de quelque chose de plus « consistant ». Et, à voir la façon dont elle se tortillait, se pâmait sous ses coups de langues de plus en plus profonds, Stéphanie partageait totalement ce désir.

Lorsqu'il entreprit de ramper sur son corps palpitant et nu, la jeune femme empoigna son mari par les épaules, pour l'attirer en elle.

Elle poussa un long feulement ravi lorsque la virilité longue et dure prit lentement possession de son intimité en fusion. Elle referma ses jambes dans les reins de son mari, comme une cavalière qui éperonne sa monture pour l'emballer.

Eric se mit à aller et venir en elle, savourant les sensations affolantes que lui procurait le véritable fourreau vivant et soyeux, souple et brûlant qui l'enserrait.

Mais, soudain, il sentit qu'il avait envie d'autre chose. De plus corsé. De plus *fun*…

Stéphanie poussa un petit cri de protestation frustrée, lorsque son mari se retira d'elle, la laissant inoccupée, vide, béante.

– Tourne-toi, ma chérie... souffla-t-il, d'une voix un plus rauque qu'à l'ordinaire.

Stéphanie crut que son mari voulait la prendre en levrette, « à la chien » comme elle disait quand elle était ado, en pouffant de rire avec ses copines, et elle eut un petit roucoulement ravi.

Elle aimait beaucoup cette manière de faire l'amour. Le fait de ne pas voir son partenaire, qui n'existait plus pour elle que par son sexe tendu, l'excitait énormément. Elle avait l'impression d'être possédée davantage, d'être investie plus loin, plus profond que d'ordinaire.

Et puis, elle en éprouvait une légère sensation d'avilissement, de bestialité, qui mettait son excitation à son comble...

Stéphanie s'empressa donc de se mettre dans la position réclamée par Eric : à genoux sur le lit, la tête entre les avant-bras, les reins creusés au maximum, afin de bien dégager le fin sillon de sa croupe ronde et ferme, ainsi que le beau fruit mûr qui s'y épanouissait dans son écrin de poils d'or.

– Viens vite, mon amour ! haleta-t-elle, en tournant vers l'arrière son visage empourpré par le désir. Mets-la-moi bien à fond ou je vais mourir !

C'était évidemment très exagéré, mais Eric comprit que Stéphanie avait atteint le point de non-retour et qu'elle était prête à tout accepter de lui, pourvu qu'il éteigne le feu qui la dévorait de l'intérieur.

Du moins, c'est ce qu'il croyait.

Suivant son envie, il dédaigna la corolle emperlée et nacrée du sexe féminin, et dirigea sa virilité luisante un peu plus haut, vers le petit œillet plissé et étroit, qui l'avait englouti tant de fois, au cours de leurs étreintes passionnées.

À sa grande surprise, Stéphanie poussa un petit cri de protestation et se déroba à son assaut, par une rétractation de tout son corps.

Croyant à une ultime coquetterie féminine, destinée à accroître encore l'envie qu'il avait de sa croupe obscènement cambrée, Eric insista :

– Ma chérie, laisse-toi faire ! J'ai tellement envie de ton adorable petit cul ! Je vais t'enculer comme jamais !

Il se saoulait des mots violents qui sortaient de sa bouche, et sa verge se tendait et se gonflait encore plus, rien qu'à les entendre.

Mais Stéphanie ne céda pas. Au contraire, elle roula sur le dos et le regarda d'un air désolé. Son visage avait repris sa pâleur diaphane ordinaire.

– Non, Eric ! dit-elle fermement. Je ne veux pas… Ça me fait mal… Là…

Il eut l'air étonné :

– Mal ? Comment ça, mal ?

– Je ne sais pas, soupira-t-elle, en s'asseyant, et en ramenant ses genoux à hauteur de son menton. Depuis que je suis rentrée de la clinique, toute cette zone est très sensible. Douloureuse, même. Comme si…

Elle n'acheva pas, se contentant d'un geste vague de la main droite.

– Fais voir... dit Eric, en lui faisant signe de se remettre à quatre pattes.

Elle s'exécuta. Quand elle fut en position, son mari écarta délicatement ses deux belles fesses à la peau aussi veloutée que des pêches mûres.

– Mais oui, c'est curieux, tu es toute rouge à cet endroit... dit-il en se redressant. Irritée... Je comprends que ça te fasse mal, ma pauvre chérie !

Il descendit du lit et commença à se rhabiller : le charme érotique était rompu.

– Bof ! je suppose que ça ne doit pas être grand-chose, ajouta-t-il sur un ton insouciant. Mets-toi un peu de crème et, dans deux ou trois jours, il n'y paraîtra plus... Mais je te préviens que tu ne perds rien pour attendre, ma belle !

Stéphanie ne se dérida pas. Durant le rapide et frugal repas froid qu'ils prirent ensemble dans la cuisine, elle resta même sombre, et plus renfermée qu'à l'ordinaire.

Plus elle y pensait, et plus cette douleur persistante la tracassait. Elle était bien certaine que tout était « nickel » de ce côté-là, lorsqu'elle était entrée à la clinique du Val d'Or. Et elle se souvenait parfaitement que la douleur était apparue, assez vive, le lendemain matin, lorsqu'elle était allée aux toilettes, sitôt après son réveil.

C'était quand même plutôt bizarre.

Et si quelqu'un, profitant du fait qu'on lui avait

injecté des somnifères au moment de se coucher, était venu dans sa chambre, la nuit, pour se livrer sur elle à des pratiques... à des attouchements qui... à des actes auxquels...

Stéphanie ne parvenait pas, ou ne voulait pas formuler clairement l'idée qui lui trottait dans l'esprit, jusqu'à devenir une sorte d'obsession. Une obsession dont, maintenant, elle voulait absolument se débarrasser.

À la fin de leur repas expéditif, alors qu'elle remettait un peu d'ordre sur la petite table de la cuisine, Eric l'enlaça par-derrière et, glissant une main dans l'échancrure du peignoir qu'elle avait enfilé à la hâte, empoigna son sein droit, pour en faire rouler la pointe tendre entre se doigts.

En même temps, elle sentit son membre gonfler et durcir contre ses fesses : visiblement, il restait sur sa faim, après le petit intermède avorté de tout à l'heure...

Mais Stéphanie n'avait vraiment plus la tête au batifolage amoureux, et elle le repoussa, avec un peu plus de sécheresse qu'elle n'aurait voulu.

Malgré son léger étonnement, de se faire ainsi renvoyer « dans le mur », Eric n'insista pas...

Dès que son mari fut reparti à son travail, elle se précipita sur le téléphone et composa de mémoire le numéro de la clinique du Val d'Or.

– Allô ? Oui, bonjour, mademoiselle, je suis

Madame Lamberteaux. Stéphanie Lamberteaux. Je souhaiterais parler au docteur Soliveau. Non, je préfère attendre : c'est pour une affaire importante...

CHAPITRE XII

Boris Corentin tourna le coin de la rue de la Ferme, à Neuilly, précisément au moment où les premières gouttes de pluie venaient s'écraser mollement sur le pare-brise de sa voiture de service.

– Décidément, on n'en finira jamais, avec cette flotte ! grommela Aimé Brichot, assis à la place « du mort ». Tu vas voir qu'on va passer directement du printemps à l'automne sans avoir eu d'été, si ça continue !

Corentin ne répondit rien. Par moments, les jérémiades météorologiques de son coéquipier avaient tendance à le gonfler un peu…

Et puis, toute son attention était requise par un impératif immédiat : trouver une place de stationnement avant de déboucher sur le quai. Sans quoi, il était bon pour se retaper tout un tour dans Neuilly, vu que la plupart des petites rues résidentielles étaient en sens unique.

Fort heureusement, même si le temps pluvieux et frisquet ne l'indiquait pas, on était *quand même* au mois d'août. Ce qui signifiait que beaucoup de

Neuilléens avaient déserté leur banlieue friquée… pour des littoraux, essentiellement méditerranéens, non moins friqués.

Bref, ça ne manquait pas de places libres, le long des trottoirs, et Corentin parvint à se garer à moins de dix mètres de l'entrée de l'immeuble où vivaient Eric et Stéphanie Lamberteaux.

Ce qui était tant mieux, car, à présent, il pleuvait « à boire debout », comme disent les Québécois.

Ils profitèrent qu'une femme noire énorme, traînant un horrible roquet derrière elle, pénétrait dans le hall pour s'y engouffrer derrière elle, sans avoir besoin de se soucier du code d'entrée.

La femme au chien les enveloppa d'un regard plutôt soupçonneux, mais elle ne fit aucune remarque et s'engagea en dandinant de ses énormes hanches dans l'ascenseur.

– Tu supporteras trois étages par l'escalier ? demanda Boris Corentin, avec un petit sourire. Sinon, on peut attendre le retour de l'ascenseur, tu sais…

– Traite-moi de croulant, pendant que tu y es ! grogna Aimé Brichot, en attaquant fièrement la première marche de l'escalier, en faux marbre prétentieux.

– De croulant, sûrement pas… rétorqua Boris, en lui emboîtant le pas, mais de fainéant, ça, oui !

Sur le palier du troisième se trouvaient deux portes, en vis-à-vis. Aucune ne portait de nom. Mais comme Corentin perçut des rires d'enfants derrière celle de gauche, et qu'il savait que les Lamberteaux n'en avaient pas, il enfonça la sonnette de celle de droite.

Presque aussitôt, il entendit des pas précipités de l'autre côté de la porte, qui s'ouvrit avec précipitation, pour ne pas dire avec violence.

Corentin et Brichot se retrouvèrent face à un homme d'une quarantaine d'années, grand et plutôt séduisant, dont le visage exprimait une excitation et un espoir étonnants. D'autant plus étonnants que, dès que l'homme qui venait d'ouvrir vit les deux policiers, ces sentiments firent place à une intense déception. En l'espace d'une seconde ou deux, son visage se vida de toute couleur, ses traits s'affaissèrent, ses yeux s'éteignirent et ses épaules se voûtèrent.

– Qu'est-ce que vous voulez ? marmonna-t-il, sans même dire bonjour.

– Vous êtes bien Monsieur Lamberteaux ? demanda aimablement Corentin, en exhibant sa plaque de policier. Mon collègue et moi aurions souhaité avoir un court entretien avec votre épouse, si c'est possible…

Éric Lamberteaux le considéra de son œil éteint, et laissa tomber, dans une sorte de gros soupir :

– Non, justement, ce n'est pas possible, figurez-vous ! Ma femme s'est évaporée !

Boris Corentin sentit les battements de son cœur s'accélérer, et il échangea un bref coup d'œil avec Aimé Brichot.

– Comment ça : évaporée ? Monsieur Lamberteaux ? demanda-t-il doucement.

Son interlocuteur haussa les épaules :

– Comme je vous le dis ! Et, d'abord, qu'est-ce que vous lui voulez, à Stéphanie ? Est-ce que vous…

Il s'arrêta net, et son visage devint d'une pâleur mortelle, tandis que ses yeux se mettaient à papilloter très vite. Il fit un pas en avant et saisit Boris par le revers de son blouson de toile gris pâle :

– Bon Dieu ! Elle a eu un accident ! dit-il très vite. C'est pour ça que vous êtes là, c'est ça, hein ? Je vous en prie, ne me cachez rien !

Sa voix s'était mise à enfler, à grimper dans les aigus. D'un geste ferme, Corentin se dégagea de son emprise et le repoussa à l'intérieur de l'appartement, dans lequel Brichot et lui pénétrèrent à sa suite.

– Monsieur Lamberteaux, nous n'avons aucune mauvaise nouvelle d'aucune sorte à vous annoncer, dit doucement Corentin, alors qu'Eric, arrivé dans le salon, se laissait tomber dans le fauteuil le plus proche. Nous voulions juste lui poser quelques questions, à propos de la clinique du Val d'Or, où nous savons qu'elle vient de faire un court séjour. C'est bien exact, n'est-ce pas ?

Éric Lamberteaux fit signe que oui, d'un mouvement de tête machinal. Puis, il releva les yeux et regarda les deux policiers tour à tour :

– Elle a disparu ! répéta-t-il, d'une voix sourde. C'est incompréhensible. Je suis retourné bosser vers deux heures et, avant que je parte, elle m'a dit qu'elle n'avait pas l'intention de sortir, qu'elle avait des tonnes de papiers à classer. Quand je suis arrivé, il y a environ une heure, elle n'était pas là. Et aucun mot, rien !

Éric adressa aux deux policiers silencieux un regard

égaré, où ils purent lire un vrai désarroi.

– Vous vous rendez compte ? reprit-il, sur un ton comme essoufflé. En cinq ans de mariage, c'est la première fois que ça arrive ! Stéphanie me tient toujours au courant de ses déplacements ! Et moi pareil…

– Votre femme n'a pas de téléphone portable ? demanda Aimé Brichot.

– Mais si ! Et vous pensez bien que c'est la première chose que j'ai essayée ! Mais elle est sur messagerie : ça non plus, ça n'est pas dans ses habitudes…

– Voyons, Monsieur Lamberteaux, essaya de le raisonner Boris Corentin, votre femme est peut-être tout simplement chez une amie… elle a pu laisser passer l'heure sans s'en rendre compte…

– Pas son genre ! répéta obstinément Éric, de plus en plus sombre.

Boris Corentin retint le soupir agacé qui lui montait aux lèvres. Cette histoire d'épouse « évaporée » le laissait froid : Stéphanie Lamberteaux n'était plus une petite fille, et il n'y avait vraiment rien d'inquiétant au fait qu'elle ait pu sortir faire une course, sans laisser des *post-it* un peu partout dans l'appartement pour en avertir son mari…

Le mari désemparé releva brusquement la tête :

– Mais au fait, vous ne m'avez pas dit pourquoi vous vouliez parler à ma femme…

– Si, nous vous l'avons dit, répondit patiemment Aimé Brichot : nous aimerions lui poser quelques questions, au sujet de la clinique du Val d'Or, à laquelle nous avons des raisons de nous intéresser.

Éric Lamberteaux parut frappé par quelque chose :

– La clinique du Val d'Or ? Tiens, c'est curieux, ça, comme coïncidence…

Corentin saisit la balle au bond :

– Quelle coïncidence, Monsieur Lamberteaux ?

L'autre parut regretter d'avoir parlé à haute voix, puis il eut un petit sourire gêné et ses joues impeccablement rasées se colorèrent de rouge.

– Oh ! rien du tout ! affirma-t-il avec un entrain qui sonnait faux. Il se trouve que Stéphanie et moi en avons parlé, pas plus tard que ce midi. Mais pour rien… des bêtises…

On sentait qu'il tenait à éviter à tout prix le sujet qu'il avait lui-même imprudemment abordé. Et c'est justement pour ça que Corentin insista, en plongeant son regard dans celui de leur interlocuteur :

– Monsieur Lamberteaux, j'aimerais vraiment savoir ce que votre épouse et vous avez pu vous dire, au sujet de la clinique du Val d'Or… C'est important…

Eric eut l'air encore plus gêné :

– C'est que… c'est quelque chose de vraiment très intime, n'est-ce pas…

En quelques phrases nettes, Corentin lui fit comprendre que rien de ce qu'il pourrait leur apprendre de personnel ne transpirerait au-delà des murs de l'appartement où ils se trouvaient en ce moment…

– Dans ce cas… soupira Lamberteaux, en se tortillant dans son fauteuil. Il s'agit d'une douleur que ma femme éprouve précisément depuis la nuit qu'elle a passée à la clinique du docteur Soliveau. Une douleur à un endroit très… enfin, assez délicat à désigner. Il s'agit, comment dire…

Visiblement, il n'y arrivait pas, ça ne parvenait pas à sortir. Corentin allait essayer de l'aider quand, tout d'un coup, Eric Lamberteaux se jeta à l'eau :

– Enfin, bref : elle ressentait la même douleur que si elle avait été sodomisée avec brutalité, là !

À présent, il semblait soulagé…

Boris Corentin et Aimé Brichot échangèrent un regard lourd, avant que le premier ne reprenne la parole :

– Et vous dites que cette… gêne éprouvée par votre femme est apparue juste après son séjour à la clinique ?

– Dès le lendemain matin, d'après elle, opina Lamberteaux. J'ai regardé, pour voir… Elle est effectivement très irritée, à cet endroit… Mais bon, je me suis dit que…

Il fut interrompu par la sonnerie du portable de Corentin. Qui s'empressa de sortir le petit appareil gris métallisé de sa poche, avec un petit sourire d'excuse.

Il prit la communication, et entendit une agréable voix de femme, assez grave, parlant très bas, qui lui était complètement inconnue :

– Monsieur Corentin ?

– Oui, c'est moi. Excusez-moi, mais je ne vais pas pouvoir vous parler maintenant car je…

– Je sais où vous êtes, Monsieur, l'interrompit

doucement l'inconnue. Ou, plus exactement, je crois savoir où vous devez être : à Neuilly, au domicile de Madame Stéphanie Lamberteaux. C'est bien ça, n'est-ce pas ?

– Euh… oui, en effet, fit Boris, un peu estomaqué par ce petit numéro de « voyance ». Mais je ne…

– Cessez donc de m'interrompre tout le temps, je vous prie, sinon on n'y arrivera jamais ! fit sa correspondante, de cette voix naturellement autoritaire qu'ont les gens habitués à être obéis depuis leur plus jeune âge. Je voulais juste vous éviter de perdre votre temps, Monsieur Corentin : il est inutile que vous attendiez Madame Lamberteaux chez elle, elle ne rentrera pas ce soir. Ni aucun autre soir, malheureusement… sauf si vous intervenez à temps, bien sûr…

– Puis-je vous demander qui vous êtes, Madame ?

Boris avait posé sa question très calmement, très doucement. Parce qu'il sentait que le lien invisible qui le reliait à sa correspondante était extrêmement ténu, et pouvait se rompre à n'importe quel moment. Pour une parole mal placée, un ton de voix un peu trop sec…

– Peu importe qui je suis, vous ne pensez pas ? répondit l'inconnue, avec une ironie perceptible dans la voix. C'est Stéphanie Lamberteaux qui compte, pas moi… Bref, si vous voulez lui parler, pendant qu'elle est encore en état de vous répondre, je vous conseille de venir faire un petit tour à la clinique du Val d'Or. Et surtout, ne traînez pas trop, on ne sait jamais…

– Madame, commença Boris, en s'efforçant à un

calme qu'il était très loin de ressentir, j'ai absolument besoin de savoir pourquoi vous me…

– Adieu, Monsieur Corentin !

Et la communication fut coupée.

Boris retint de justesse le juron qui lui était monté spontanément aux lèvres. Au prix d'un gros effort sur lui-même, il parvint à ne rien dire de cette étrange communication devant Eric Lamberteaux : il était inutile de l'affoler.

– Une espèce de folle qui voulait me vendre je ne sais trop quoi… se contenta-t-il de dire, avec un regard lourd de sous-entendus en direction d'Aimé Brichot.

Lequel Aimé Brichot saisit parfaitement qu'il se passait quelque chose de nouveau et de grave ; il se leva et se tourna vers sa flèche, avec un sourire innocent :

– Boris, je te rappelle qu'on doit être au bureau du commissaire dans moins d'une demi-heure ! Il serait peut-être temps d'y aller, d'autant que, comme Madame Lamberteaux n'est pas là…

Boris Corentin saisit la perche que lui tendait son coéquipier et se leva à son tour, pour prendre congé d'Eric Lamberteaux, qui semblait légèrement dépassé par la situation.

– Monsieur Lamberteaux, dit Boris en lui tendant sa carte, dès que votre femme sera de retour, je vous demanderai de bien vouloir me passer un coup de fil pour m'en avertir. Je me permets de vous rappeler que c'est important…

Les deux policiers se dépêchèrent de vider les lieux.

– Alors ? fit Aimé Brichot, dès qu'ils furent sur le trottoir de la rue de la Ferme. Qu'est-ce qui se passe ?

Corentin le mit rapidement au courant de ce que lui avait dit l'inconnue au téléphone.

– Ah ! m… ! lâcha Aimé Brichot à haute voix, provoquant la réprobation muette de la jeune femme blonde, très « Neuilly », qui les croisait à ce moment là. Évidemment, ça peut être une folle, mais…

– Mais ni toi ni moi n'y croyons ! enchaîna sourdement Corentin, les sourcils froncés.

– D'autant moins que, d'après ce que tu dis, elle savait que nous irions chez Stéphanie Lamberteaux. Et comment pouvait-elle le savoir, d'ailleurs ? On n'en a parlé à personne ! Même pas à Baba…

Boris garda sa mine sombre pour répondre :

– Elle ne le *savait* probablement pas, Mémé : elle l'a simplement *déduit*…

– Déduit ? répéta Brichot, tandis qu'ils arrivaient à la voiture de service, sous une pluie à peine moins forte que tout à l'heure. Qu'est-ce que tu veux dire ?

– Je veux dire que tout tourne autour de la clinique du Val d'Or, que c'est probablement là que s'est rendue Stéphanie Lamberteaux, et que ma mystérieuse inconnue est très bien placée pour le savoir…

– Et pourquoi serait-elle bien placée ? insista Aimé Brichot, en s'engouffrant dans la Peugeot 306 grise.

– À cause de la phrase qu'elle m'a dite au téléphone, répondit Corentin, en prenant place au volant : « Je vous conseille de *venir* faire un tour à la clinique du Val d'Or ». Elle a effectivement employé le verbe « venir », Mémé, et non pas « aller » ! Donc…

– Donc, conclut Brichot dans un souffle, ça veut dire que ta correspondante est déjà *à l'intérieur* de la clinique du Val d'Or ! Où je suppose qu'on va faire une petite visite pas plus tard que tout de suite ?

– C'est fou comme tu supposes bien, quand tu veux ! répondit Corentin, en démarrant en trombe.

CHAPITRE XIII

La porte se referma avec un bruit métallique lugubre. Et Stéphanie eut l'impression que c'était son tombeau que le docteur Soliveau venait de refermer sur elle.

Dès qu'elle fut seule, dans cette pièce bizarrement décorée, qui ressemblait à une sorte de chambre du Moyen Âge, elle voulut se lever du grand lit sur lequel le docteur l'avait forcée à s'allonger.

Mais elle n'y parvint pas.

Était-ce à cause de la piqûre que lui et son infirmière lui avaient faite de force, quelques minutes plus tôt ? Toujours est-il que, à présent, ses jambes lui refusaient tout service. Molles comme du coton.

Stéphanie se laissa retomber sans force sur le drap de satin rose, légèrement brillant. Presque aussitôt, il se produisit des phénomènes bizarres.

Le plafond de la pièce se mit à s'éloigner vers le haut. Dans le même temps, les murs se gondolèrent, puis disparurent à demi dans une sorte de brume violacée, qui paraissait étrangement vivante.

Et, aux oreilles de Stéphanie, les différents petits

bruits qu'elle percevait se mirent à prendre une acuité extraordinaire, presque douloureuse.

Elle voulut prendre sa tête entre ses mains, pour échapper à ces sons insupportables, qui, tant ils étaient proches, semblaient prendre naissance à l'intérieur même de son cerveau.

Mais elle se rendit compte alors que, tout comme ses jambes, ses bras ne répondaient plus à ses commandements. Et un commencement de terreur l'envahit.

Stéphanie ferma les yeux. Pour essayer d'endiguer la panique qui montait, d'abord. Et aussi pour reconstituer l'enchaînement des événements qui s'étaient produits depuis son coup de téléphone malencontreux à la clinique du Val d'Or, juste après le départ d'Eric pour son travail, quelques heures plus tôt.

Donc, elle avait appelé à la clinique, et demandé à parler au docteur Soliveau.

Elle l'avait eu en ligne.

Elle lui avait fait part de l'idée qui lui était venue, à propos de cette douleur persistante qu'elle ressentait depuis sa nuit passée au Val d'Or: et si elle avait été violée, sodomisée durant son sommeil?

Philippe Soliveau lui avait proposé de passer à la clinique pour en parler tranquillement.

Et elle y était allée. Sans méfiance. Mais pourquoi se serait-elle méfiée?

La suite, l'enchaînement précis des faits, tout cela commençait à devenir plus flou dans son esprit. Elle se souvenait qu'elle avait été accueillie à l'entrée du parc par l'infirmière chef anglaise. Et qu'elle avait été surprise que celle-ci, à bord de sa petite voiture électrique, la conduise directement au manoir privé du docteur Soliveau, et non à la clinique proprement dite.

Elle avait été encore bien plus étonnée de devoir, à la suite d'Elizabeth Woodyard, s'engager dans cet escalier qui descendait vers les caves.

Mais elle ne s'était toujours pas méfiée…

Ce n'est que lorsque l'infirmière, aussi forte qu'un homme, lui avait immobilisé les bras dans le dos, et qu'elle avait vu Philippe Soliveau marcher sur elle, une seringue à la main, que Stéphanie Lamberteaux avait compris qu'elle venait de tomber dans un piège.

Mais quel piège ? Et pourquoi ?

– Ça, c'est pour t'apprendre à te poser des questions dangereuses, avait soufflé l'infirmière à son oreille, tandis que la fine aiguille maniée par Soliveau s'enfonçait dans une veine de son avant-bras. Dangereuses pour toi, évidemment !

Stéphanie se souvenait encore qu'elle avait essayé de comprendre, de se faire expliquer ce qui se passait, de demander aux deux autres pourquoi ils s'en prenaient à elle.

Ils ne lui avaient opposé qu'un silence parfaitement méprisant. Se comportant comme s'ils n'avaient même pas perçu le son de sa voix.

Puis, après lui avoir ordonné de s'allonger sur le lit et de rester tranquille, si elle ne voulait pas avoir de très graves ennuis, ils avaient quitté la pièce sans fenêtre, en refermant soigneusement la porte à clé derrière eux.

Stéphanie était restée seule.

Et voilà que, à présent, il y avait ces phénomènes étranges, ces perceptions sensorielles déformées, qui l'assaillaient comme dans un cauchemar…

Soudain, au milieu de toute cette fantasmagorie, une grande lumière se fit dans le cerveau de Stéphanie Lamberteaux. Lumière aveuglante. Lumière cruelle.

Elle sentit une panique viscérale la submerger.

Parce que, d'un coup, elle venait de comprendre une chose simple, dramatiquement simple.

Si le docteur Soliveau avait décidé de la kidnapper, alors qu'il devait savoir que c'était le genre d'acte susceptible de ruiner complètement sa brillante carrière, ça ne pouvait être que pour une seule raison.

Parce qu'il était certain que jamais sa victime n'irait raconter ce qui lui était arrivé à cause de lui.

Simplement, parce qu'elle allait mourir.

*
* *

En s'ouvrant, la porte du salon fit sursauter Philippe Soliveau, qui avala d'un trait le verre de whisky qu'il venait tout juste de se servir.

En se disant que, s'il voulait continuer à exercer son métier au top niveau, il aurait intérêt à diminuer sérieusement sa consommation d'alcool…

Mais, pour l'instant, il avait des problèmes plus urgents à régler. Et plus graves.

Il s'arracha à la contemplation des grands arbres,

dans le parc noyé de pluie, de l'autre côté de la grande baie vitrée. Il se retourna vers la pièce, au moment où Alexandre Siniac et Robert Malouin y pénétraient, escortés par Elizabeth Woodyard.

Siniac avait sa mine sombre des mauvais jours, il semblait en proie à une agitation fiévreuse et teintée de peur. L'Anglaise aussi paraissait plus sous pression qu'à l'ordinaire. Quant à l'ex-mercenaire, il affichait son air placide habitudel, celui d'un homme qui a traversé et vu tellement de choses que rien ne peut plus l'émouvoir.

– Alors, qu'est-ce qui se passe encore ? demanda Alexandre Siniac, en marchant droit sur Philippe Soliveau, le visage fermé et les cheveux en désordre. Ça rime à quoi, cette espèce de « convocation » en urgence ?

– Une tuile… répondit sobrement le médecin, tout en se resservant un verre de *single malt*.

En essayant de maîtriser le léger tremblement de sa voix, il entreprit de raconter aux deux hommes ce qui venait de se produire avec Stéphanie Lamberteaux, son coup de fil, ce qu'elle lui avait raconté à propos de ses douleurs anales, la manière dont il l'avait persuadée de venir à la clinique, et celle dont Elizabeth et lui l'avait « neutralisée ».

– Tout ça, c'est de la faute à ce gros connard de Gigouin ! explosa Siniac, lorsque le médecin eut terminé son explication. On n'a pas idée d'enculer les filles quand on est affublé d'une bite aussi énorme, merde !

– Ça n'est pas une raison pour être vulgaire… observa Elizabeth Woodyard, d'un ton sec.

– Eh bien, moi, je trouve que si ! rétorqua Siniac, sans même la regarder. Bon, et maintenant, qu'est-ce qu'on fait, avec cette fille sur les bras ?

Instinctivement, comme si la solution miracle ne pouvait venir que de lui, trois paires d'yeux se tournèrent en même temps vers Robert Malouin, toujours aussi impassible.

Il y eut un silence assez long, uniquement troublé par le crépitement de la pluie contre la baie vitrée. Silence que l'ex-mercenaire paraissait prolonger comme à plaisir.

Enfin, il se décida à parler, après avoir poussé un gros soupir excédé, en regardant alternativement Philippe Soliveau et Elizabeth Woodyard :

– Bon, puisque vous avez fait une grosse connerie, en paniquant bêtement, il s'agit de la pousser jusqu'au bout, puisqu'on ne peut plus revenir en arrière.

– Comment ça ? fit le médecin, en passant une main nerveuse sur son visage de plus en plus hagard.

Depuis une heure ou deux, il avait la sensation extrêmement désagréable que toute sa vie était en train de se déliter inexorablement. Comme un pull que l'on détricote, jusqu'à ce qu'il redevienne un tas de laine informe et emmêlée.

– Eh bien, mais… c'est clair, non ? gronda Malouin, d'un ton un peu agressif et carrément méprisant : si vous laissez repartir cette fille maintenant, elle va forcément aller raconter ce qui lui est arrivé ici. Les flics feront évidemment le rapprochement avec la mort de l'autre, là... Nathalie Chambrun, et notre compte sera bon à tous : adieu clinique, pognon, vie dorée et petites partouzes !

– Donc... fit Elizabeth, qui savait déjà ce que Malouin allait préconiser.

– Donc, il faut la supprimer, répondit celui-ci d'un ton très calme, presque indifférent. C'est évidemment moi qui vais m'en charger. Je m'occuperai aussi du corps, de façon à ce que personne ne le retrouve, jamais. Pas de cadavre, pas de crime : c'est la règle...

Philippe Soliveau le regarda d'un air effrayé, comme s'il venait brusquement de découvrir un monstre à côté de lui, dont il n'aurait jamais soupçonné l'existence :

– Et... Et vous comptez faire ça quand ?

Robert Malouin se tourna vers lui, l'air étonné, un petit sourire sur ses lèvres épaisses :

– Comment ça : je compte faire ça quand ? Mais... Tout de suite, évidemment !

*
* *

La grille de la clinique du Val d'Or était fermée, lorsque la 306 Peugeot conduite par Boris Corentin arriva devant. Il allait demander à Aimé Brichot de descendre pour parlementer à l'interphone, lorsqu'elle commença de s'ouvrir lentement, avec un bourdonnement régulier, presque entièrement couvert par le crépitement de la pluie sur le pare-brise.

– On était attendu, on dirait… murmura Brichot, sans cesser de tripoter nerveusement la pointe de sa moustache.

Il était à peine huit heures du soir, mais, à cause des gros nuages d'encre qui plombaient le ciel, on se serait cru à la tombée de la nuit.

Le mois d'août continuait de déployer tous ses charmes estivaux…

Sans répondre à la remarque de son coéquipier, Boris Corentin enclencha la première et s'avança à l'intérieur de la grande propriété. Quelques dizaines de mètres plus loin, à la bifurcation de l'allée, il s'arrêta. À gauche, on allait vers la clinique proprement dite ; à droite, l'allée assortie d'un panneau « sens interdit » s'enfonçait sous les grands arbres en direction de la demeure du docteur Soliveau.

Quel chemin prendre ?

Au même moment, la sonnerie du portable de Boris Corentin retentit, et il s'empressa de prendre la communication. Comme il s'y attendait à moitié, il identifia tout de suite la voix de sa mystérieuse correspondante, celle qui l'avait déjà appelé lorsque Brichot et lui se trouvaient avec Eric Lamberteaux, dans son appartement de la rue de la Ferme.

– Monsieur Corentin, venez donc directement à la maison, je vous prie, dit la femme d'une voix tranquille. Et montez au premier étage…

Et la communication fut coupée, avant que Corentin ait eu le temps de dire quoi que ce soit.

– C'était elle ? demanda simplement Brichot, qui

s'était fait le même raisonnement que celui de sa flèche.

Boris inclina la tête sans répondre et démarra. Prenant sans hésiter l'allée qui conduisait au manoir.

Il arrêta la voiture juste devant le perron, et les deux hommes en jaillirent en même temps, sous une pluie battante. Aimé Brichot dérapa sur les dalles luisantes d'eau et faillit s'étaler, se rattrapant de justesse à la grosse balustrade en pierre.

La porte d'entrée était entrebâillée, et le grand hall désert. Aimé Brichot sur les talons, Boris Corentin fonça droit vers le grand escalier de marbre, dont les deux branches encadraient le petit ascenseur intérieur.

Arrivés sur le palier du premier étage, les deux hommes repérèrent tout de suite la personne qui les attendait, dont la silhouette assise et immobile se découpait dans l'encadrement lumineux d'une porte ouverte.

Une femme dans un fauteuil d'infirme. Encore jeune, belle, un visage régulier encadré de lourds cheveux bruns. Mais le regard infiniment las et les traits tirés.

– Messieurs, je suis bien contente de vous voir, dit-elle d'une voix à peine perceptible, et complètement atone. Grâce à Dieu, vous pouvez encore nous éviter le pire. Il est temps que tout cela s'arrête…

– Que *quoi* s'arrête ? Madame… Madame… interrogea Corentin, en venant vers elle.

– Pardon, je suis Bernadette d'Halicourt, dit-elle, en redressant fièrement la tête, comme malgré elle. Je suis aussi l'épouse du docteur Soliveau.

Corentin et Brichot comprirent que, dans l'esprit de la paralytique, il était beaucoup plus important d'être née d'Halicourt que d'avoir épousé Soliveau...

– Mon mari est en bas... au sous-sol... avec les autres... reprit Bernadette, d'une voix plus animée. La petite porte en bois verni, sous l'escalier, au rez-de-chaussée... Vous devriez vous dépêcher, messieurs: ils sont en ce moment avec Stéphanie Lamberteaux, et...

Elle n'acheva pas sa phrase, mais les deux policiers comprirent aussitôt qu'il se passait, ou qu'il allait se passer des choses graves.

Boris Corentin dévala l'escalier, Aimé Brichot derrière lui. Les deux hommes sortirent leur nouvelle arme de service, un Sauer 9 mm, de fabrication allemande. Une fois dans le hall, Corentin se tourna vers son coéquipier:

Si Stéphanie Lamberteaux est venue se jeter dans la gueule du loup et qu'ils la retiennent prisonnière, ça ne peut signifier qu'une chose... murmura-t-il.

– Qu'ils ont décidé de se débarrasser d'elle! conclut Aimé Brichot, parfaitement en phase avec sa flèche. Qu'est-ce qu'on fait? Je veux dire: on s'y prend comment?

– On commence par descendre au sous-sol. Une fois en bas, on avise. Consigne prioritaire: protéger Stéphanie Lamberteaux...

Avec d'infinies précautions, Boris Corentin ouvrit la petite porte, s'attendant, il ne savait pourquoi, à ce qu'elle se mette à grincer horriblement.

Mais elle resta parfaitement silencieuse, et les deux policiers s'engouffrèrent l'un derrière l'autre dans le petit escalier de pierre, qui descendait en tournant, éclairé par une ampoule nue, pendant du plafond en pente.

D'en bas leur parvenaient les accords assourdis d'un saxophone jouant une lente mélodie.

Et aussi des voix d'hommes, plus une de femme, chuchotant entre elles…

*
* *

Lorsque la main d'Elizabeth Woodyard se posa sur son sein droit, Stéphanie tendit les bras vers elle, et tout son corps s'arqua sous la caresse, sans qu'elle y puisse rien.

C'était venu d'un coup. Comme l'embrasement soudain d'une forêt méditerranéenne, en plein cœur de l'été, à la moindre étincelle malencontreuse. Une sorte de feu s'était brusquement allumé dans son ventre. Et, quand juste après la porte s'était rouverte, elle n'avait plus eu qu'une envie, qu'un désir: que les trois hommes, dont le docteur Soliveau, et l'infirmière viennent la rejoindre sur le lit et prennent possession de son corps en train de brûler.

Sous le fouet du désir, elle avait même retrouvé la force de bouger ses bras, pour les tendre vers eux.

Et voici que, maintenant, assise tout contre son corps à demi nu, Elizabeth avait entrepris de caresser ses seins, d'en tordre les mamelons entre ses doigts, tandis que son autre main glissait le long de son ventre agité d'une houle spasmodique, pour venir s'enfouir entre ses cuisses blondes.

Stéphanie haletait, gémissait, se mordait la lèvre, se tordait sous l'emprise de ces doigts qui la fouillaient avec une science brutale et délicieuse.

Elle n'avait qu'une envie, c'était que les trois hommes, restés un peu en retrait, viennent les rejoindre sur le lit. Elle désirait plus que tout découvrir leurs sexes gonflés et tendus, les palper entre ses doigts, les caresser, les prendre dans sa bouche. Avant de les recevoir dans son ventre, au fond de cette autre bouche, muette et avide, qui la brûlait de plus en plus intensément.

Au lieu de ça, c'est un déluge de glace qui lui tomba dessus et la figea d'horreur.

Car l'un des trois hommes, le plus massif, le seul qui ne lui jetait pas des regards luisants de désir, mais la contemplait au contraire d'un œil glacial, cet homme-là venait de prononcer quelques mots monstrueux.

– Bon, ça suffit, maintenant, assez rigolé : il faut me laisser travailler. On ne doit pas perdre une minute de plus, *si vous voulez que j'aie le temps de faire disparaître le corps avant demain matin...*

Voilà les paroles ignobles, terrifiantes, inhumaines qui venaient de sortir de la bouche de cet homme que Stéphanie ne connaissait pas.

Et, malgré les drogues qui envapaient son esprit, en

dépit du désir anormal qui torturait son corps, la jeune femme comprit que c'était d'elle qu'il s'agissait.

C'était son corps qu'on voulait faire disparaître au cours de cette nuit de cauchemar.

Ce qui signifiait qu'elle allait être tuée.

Par le colosse qui s'avançait à présent vers le lit, une cordelette de nylon dans les mains.

Alors, de toutes ses forces, de tout son désespoir, Stéphanie se mit à hurler à pleine gorge.

*
* *

Boris Corentin venait de déboucher en bas de l'escalier de pierre, lorsque le cri retentit.

Un cri poussé par une femme. Un cri de terreur. Le cri presque inhumain de qui est en train de voir s'approcher de lui sa propre mort…

En une fraction de seconde, Boris détermina que ce hurlement venait de derrière la porte de droite, dans l'espèce de réduit violemment éclairé, où Aimé Brichot et lui venaient de faire irruption.

Son arme semi-automatique bien en main, Corentin se rua en avant. Lorsqu'il fut à moins d'un mètre de la porte métallique, il freina brusquement, rejeta le buste en arrière, leva haut la jambe droite.

Puis, de toute sa puissance, il projeta son pied en avant.

Il y mit une telle force que la porte vola littéralement en éclats. Et Boris Corentin bondit à l'intérieur de la pièce, en hurlant :

– Police ! Que personne ne fasse le moindre mouvement, ou je tire !

Un cri de rage lui répondit, poussé par Elizabeth Woodyard, dont il enregistra machinalement la présence, à côté de Stéphanie Lamberteaux, étendue sur le lit.

Au même moment, Boris devina, plus qu'il ne la vit vraiment, une masse sombre qui fondait sur lui, par la gauche. D'instinct, il se rejeta en arrière, d'un haut-le-corps de tout le buste.

Ce qui lui permit d'éviter d'extrême justesse que la cordelette de nylon maniée par Robert Malouin ne s'enroule autour de son cou, en un nœud qui aurait probablement été mortel, vu la force de l'ex-mercenaire.

Par contre, il ne put éviter le coup de pied que Malouin lui balança dans le poignet droit. Sous la douleur, Boris lâcha son arme.

Vif comme l'éclair, il effectua un quart de tour, pour faire face à son adversaire, qu'il devinait redoutable. Autour de lui, il percevait des cris et des bruits de lutte sourds, ainsi que des pas précipités, en direction de l'escalier.

Il décida de remettre ça à plus tard : il était confronté à un danger beaucoup plus immédiat…

Car Robert Malouin, avec une souplesse et une rapidité étonnantes pour sa corpulence, fonçait de nouveau sur lui, avec un grondement de rage.

Corentin le cueillit d'une manchette à la pomme d'Adam, mais ça ne suffit pas pour abattre le colosse qui, le saisissant à bras-le-corps, le souleva littéralement de terre et le propulsa contre le lit, dont l'un des pieds heurta violemment Boris dans le bas des reins.

Malgré la douleur, il roula sur lui-même, pour éviter le coup de pied que lui balançait son adversaire. Un pied qu'il saisit au passage et tordit violemment, envoyant Malouin bouler à l'autre bout de la pièce.

Et, au même moment, un objet attira son regard, à une vingtaine de centimètres de lui.

Son arme !

Étendant le bras, il s'en saisit et la braqua sur le colosse qui, déjà, fonçait de nouveau sur lui :

– Halte ! Arrêtez-vous ou je tire !

Mais Malouin, tel un taureau de combat rendu aveugle et sourd par la haine, ne l'écouta pas et continua de foncer droit devant lui, la bouche littéralement écumante de rage.

Sans viser, Boris tira.

Robert Malouin poussa un hurlement de douleur, assorti d'un chapelet de jurons, et roula au sol.

Le genou gauche explosé par la balle que Corentin venait de lui expédier.

Boris se releva et, pour faire bon poids, balança son pied dans la figure de son adversaire, déjà en train de se relever malgré les souffrances abominables qu'il devait endurer. Cette fois, Malouin s'effondra et ne bougea plus.

Corentin se retourna juste à temps pour voir Aimé Brichot, écarlate et dégoulinant de sueur, réussir enfin à maîtriser Elizabeth Woodyard, visage plaqué sur le sol et bras tordus dans le dos.

– Cette furie m'a sauté dessus sans s'occuper de mon flingue ! souffla-t-il, en lui passant les menottes qu'il venait de sortir de sa poche de veste. Elle est costaude comme un déménageur, j'ai bien cru que je n'arriverais pas à la maîtriser, dis donc !

– Les autres... gronda Corentin, en inspectant la pièce d'un large regard circulaire. Où sont passés les deux autres ?

Effectivement, Philippe Soliveau et Alexandre Siniac avaient disparu. Corentin se souvint brusquement d'avoir, entendu des pas précipités en direction de l'escalier, alors qu'il luttait contre Robert Malouin.

– Mémé, tu appelles des secours et du renfort en urgence ! décida-t-il. Tu t'occupes de Stéphanie Lamberteaux et tu gardes un œil sur ce lascar : méfie-toi, c'est un vicieux !

– Et toi ? demanda Aimé Brichot.

Mais c'était trop tard : Boris Corentin, son arme en main, était déjà à la moitié de l'escalier conduisant au grand hall du rez-de-chaussée...

*
* *

– Bernadette, il faut absolument que tu m'aides ! Sinon, tout est foutu...

Philippe Soliveau était hagard, lorsqu'il pénétra en trombe dans les appartements de sa femme. Ses yeux exorbités exprimaient une telle folie, une telle démence incontrôlable que, durant quelques secondes, l'infirme eut peur de lui, alors qu'il avait cessé depuis longtemps de l'impressionner.

Mais, très vite, elle se ressaisit et le toisa d'un regard méprisant, où perçait tout de même une certaine tristesse.

– Mon pauvre Philippe, te voilà donc au bout du chemin… murmura-t-elle, d'une voix froide. Pour commencer, ferme le verrou de la porte, je te prie…

Soliveau s'exécuta avec des gestes fébriles. Puis, d'une démarche d'automate, il traversa la chambre et vint se jeter aux genoux de sa femme en sanglotant, pour enfouir son visage ravagé, presque méconnaissable dans son giron.

– Pardon, ma chérie, pardon ! balbutia-t-il, d'une voix étrange, presque une voix d'enfant. J'ai détruit nos vies avec mes conneries !

– Pas *nos* vies, Philippe, dit alors Bernadette, en le forçant à relever la tête. Seulement la tienne. C'est vrai que, pour toi, tout s'arrête aujourd'hui. Mais pour ce qui est de moi, de mon honneur, de ma famille, de mon nom, rien n'est encore perdu. Tu peux me sauver ! Tu peux faire cette dernière chose pour moi : me laisser intacte de toute cette boue…

Le médecin se releva et contempla sa femme d'un air complètement égaré. Il haletait bruyamment, comme s'il venait de courir un sprint.

– Comment ? Dis-moi ce que je dois faire et je le ferai ! s'écria-t-il, d'une voix de plus en plus haut perchée. Je te jure que je ferai n'importe quoi pour toi, n'importe quel sacrifice que tu exigeras, je le…

– Un sacrifice ! l'interrompit Bernadette, aussi immobile et froide qu'une statue de pharaonne égyptienne sur son trône. C'est précisément ce que j'attends de toi, mon pauvre Philippe. C'est la seule chose que tu puisses faire pour te racheter un peu à mes yeux. Et ne pas me laisser sur une trop mauvaise impression, un souvenir trop déplorable…

– Lequel ? s'empressa de demander Soliveau, en lui saisissant les épaules. Dis-moi ce que je dois faire et je le fais à l'instant !

Bernadette ne répondit pas. Simplement, sans le quitter des yeux, ses grands yeux sombres et fixes qui ne cillaient pas, elle tira de dessous le plaid recouvrant ses jambes à jamais mortes un petit pistolet à la crosse de nacre et au canon argenté.

Elle prit doucement la main de son mari, lui ouvrit les doigts et posa l'arme sur sa paume.

– Maintenant, tu sais ce que tu as à faire… Adieu, Philippe : si Dieu te pardonne et me pardonne, nous nous retrouverons peut-être… dans Sa lumière…

Et, sans rien ajouter, l'infirme fit pivoter son fauteuil et le propulsa lentement en direction de la porte.

Le bras tendu, elle atteignit le verrou et lui fit faire deux demi-tours vers la droite. Puis, elle ouvrit la porte.

Au moment où son fauteuil quittait la chambre pour le couloir, dans un léger crissement de pneus sur le parquet ciré, Bernadette entendit, derrière elle, un petit bruit sec, qui la fit sursauter malgré elle.

Le bruit que fait un pistolet que l'on arme…

*
* *

En débouchant de l'escalier de la cave dans le grand hall d'entrée, le premier réflexe de Boris Corentin fut de courir en direction du parc. Où il était persuadé que Philippe Soliveau et Alexandre Siniac s'étaient enfuis.

Mais, alors qu'il était pratiquement à la porte, il perçut un cliquetis de verrou, à l'étage.

Aussitôt, il fit demi-tour et fonça vers le grand escalier. Il arriva sur le palier du premier étage juste au moment où Bernadette Soliveau sortait de sa chambre.

L'espace d'une seconde, elle eut l'air violemment contrariée de le voir, et, dans un imperceptible mouvement de la tête, jeta un coup d'œil derrière elle.

Un sale pressentiment envahit Corentin qui, écartant sans ménagement le fauteuil de l'infirme, se rua à l'intérieur de la chambre, son arme de service toujours à la main.

En un éclair, il comprit le drame qui se jouait. Ce qui était assez simple dans la mesure où, à quelques mètres de lui, Philippe Soliveau avait déjà enfoncé le canon du petit pistolet à crosse de nacre dans sa bouche.

– Docteur ! ne faites pas ça ! dit Corentin, doucement pour ne pas effrayer Soliveau et le pousser à l'irrémédiable.

Il vit le docteur hésiter, et, l'espace d'une fraction de seconde, il crut que le pire était évité.

Mais, juste après, il vit l'index de Soliveau se

crisper sur la queue de détente.

Il allait se tuer.

Alors, Boris Corentin n'hésita plus.

Il fléchit les jambes, tendit son bras droit à l'horizontale, le soutenant de sa main gauche à hauteur du coude.

Et il tira.

La balle atteignit Philippe Soliveau dans le gras de la paume, lui faisant sauter l'arme de la main.

Avec un petit cri, de surprise autant que de douleur, le médecin s'effondra à genoux sur le parquet et éclata en sanglots, la tête entre les mains, dont la droite dégoulinait de sang.

Boris Corentin se précipita vers lui, afin de mettre le petit pistolet hors de sa portée. Il se baissa, le ramassa et le glissa dans sa poche.

Lorsqu'il se releva, le fauteuil de Bernadette Soliveau s'immobilisait à sa hauteur.

L'infirme enveloppa son mari prostré et sanglotant d'un regard débordant de mépris glacial.

– Mon pauvre ami, soupira-t-elle, tu auras vraiment tout raté jusqu'au bout. Même ta propre mort…

CHAPITRE XIV

– Fermée jusqu'à nouvel ordre ! annonça Charlie Badolini, lorsque Boris Corentin et Aimé Brichot entrèrent dans son bureau, envahi d'une épaisse fumée tabagique.

– Mande pardon ? fit Aimé Brichot, en prenant place dans l'un des deux fauteuils réservés aux visiteurs du patron de la Brigade mondaine.

– La clinique du Val d'Or, expliqua le commissaire divisionnaire, avec une pointe d'impatience dans le ton : elle est fermée jusqu'à nouvel ordre. Le juge Challières a refusé que les deux adjoints de Philippe Soliveau la reprennent pour l'instant.

Il y avait deux jours que Corentin et Brichot avaient « bouclé le dossier », en mettant les principaux protagonistes hors d'état de nuire.

Alexandre Siniac avait été récupéré chez lui, quelques heures plus tard, barricadé à double tour dans sa propriété du Vésinet, planqué dans une remise au fond du parc, tremblant de tous ses membres.

Pas plus que Philippe Soliveau, moralement brisé, le banquier n'avait fait la moindre difficulté pour expliquer par le menu aux enquêteurs en quoi consistait la « Guilde des princes charmants », ni, surtout, en quoi consistaient leurs coupables activités avec certaines patientes de la clinique.

En revanche, Elizabeth Woodyard et Robert Malouin s'étaient montrés plus retors. Au moins au début, refusant de dire le moindre mot aux policiers.

Mais, finalement, en jouant l'un contre l'autre, Boris Corentin avait réussi à faire dire à l'infirmière que Robert Malouin avait bel et bien tué Nathalie Chambrun.

Du coup, pour se venger d'avoir été « donné », l'ex-mercenaire avait balancé tout le monde, expliquant en long et en large que ce meurtre avait été commandité par Alexandre Siniac, puis couvert par les deux autres.

Tout ce petit monde dormait désormais en cellule. À l'exception de Malouin, toujours à l'infirmerie spéciale du dépôt, à cause de son genou éclaté par la balle de pistolet tirée par Boris Corentin.

Quant aux autres « princes charmants », les Stéphane Gigouin, Arnaud d'Estirc, Edouard Caputeau et autre Jean-Michel Blasine, ils avaient été aussitôt arrêtés et inculpés de viol en réunion aggravé.

La seule personne à être restée libre était finalement Bernadette Soliveau. Aucune charge n'avait été retenue contre elle. Et elle avait eu beau jeu de faire valoir que, somme toute, c'était bien grâce à elle si Stéphanie Lamberteaux avait eu la vie sauve.

Bien sûr, Boris Corentin soupçonnait fort qu'elle n'avait pas obéi à des motifs purement humanitaires.

En réalité, quand elle s'était rendu compte de ce qui se passait sous son propre toit, elle avait sciemment et froidement sacrifié son mari à sa respectabilité, à l'honneur de son nom. Car elle y tenait plus qu'à toute autre chose, à ce fichu honneur du nom.

Boris Corentin l'avait parfaitement compris, lorsque, à la fin de leur dernier entretien, il lui avait dit « au revoir, Madame Soliveau ». L'infirme avait eu une sorte de haut-le-corps, dans son fauteuil, et lui avait dit, d'un ton assez sec :

– Monsieur Corentin, si jamais nous devions nous revoir, j'aimerais mieux qu'à l'avenir vous m'appeliez Madame d'Halicourt…

La procédure de divorce à peine engagée, Bernadette avait déjà rayé d'un trait de plume ses six ans de mariage avec Philippe Soliveau…

– En somme, soupira Aimé Brichot, il ne reste plus que le problème de toutes ces pauvres femmes…

Badolini et Corentin n'eurent pas besoin de lui demander à qui il faisait allusion, dans la mesure où eux-mêmes, depuis deux jours, n'arrêtaient pas de penser aux dix-huit femmes recensées qui, ces deux dernières années, avaient été violées collectivement durant leur nuit passée à la clinique du Val d'Or.

Et qui, sans le savoir, élevaient maintenant l'enfant de l'un de leurs violeurs…

– Plus j'y pense et plus je trouve que ça serait criminel de leur apprendre quoi que ce soit, soupira Corentin, après un long silence des trois hommes.

– Tu as raison, appuya Aimé Brichot. Ce qui

compte, après tout, pour un môme, c'est l'amour et l'éducation qu'il reçoit, l'équilibre de sa famille. Certainement pas l'étalon qui a fourni les quelques centilitres de sperme nécessaire.

– Sans compter qu'apprendre qu'on est le fils du violeur de sa mère… ajouta Charlie Badolini. Non, effectivement, je crois qu'on va en rester là, en ce qui concerne ces pauvres femmes. D'autant que, puisqu'elles ne se souviennent de rien, pourquoi aller rouvrir une plaie indolore, dont elles n'ont même pas conscience ?

– C'est évident, conclut Corentin en se levant de son fauteuil. On gardera ce secret peu reluisant pour nous : ça ne sera pas la première fois…

Lorsque Aimé Brichot et lui arrivèrent à la porte du bureau des Affaires recommandées, le planton d'étage se précipita pour leur annoncer qu'une jeune femme les attendait à l'intérieur.

Ils eurent la surprise de découvrir Stéphanie Lamberteaux, superbement élégante dans un tailleur vert clair, ses longs cheveux blonds noués en un chignon souple.

Dès qu'elle vit les deux policiers entrer, elle se précipita vers Corentin et, par un mouvement spontané, se blottit contre sa poitrine.

Un peu interloqué, presque gêné de cette effusion inattendue, Boris referma délicatement ses bras autour de ses épaules, ne sachant trop quelle contenance adopter.

Ce qui, avec les jolies femmes, ne lui arrivait vraiment pas souvent…

Ils restèrent de longues secondes, comme ça, enlacés, immobiles, silencieux. Tandis qu'Aimé Brichot s'efforçait de prendre une attitude naturelle et dégagée… mais sans y parvenir tout à fait.

Finalement, Stéphanie s'écarta légèrement et leva vers Boris un visage où la joie et l'angoisse faisaient presque jeu égal.

– Je suis venue parce que… commença-t-elle avec effort. Parce que… Enfin, pour vous dire…

Elle fit un ultime effort, avant de lâcher, très vite:

– Voilà… je viens d'apprendre par mon médecin que je suis enceinte !

Un lourd silence s'installa dans le bureau, uniquement perturbé par le mugissement d'une sirène de péniche, sur la Seine toute proche.

– Et… Et qu'est-ce que vous comptez faire? demanda finalement Boris, dans un souffle.

Alors, toute angoisse s'effaça du visage de la jeune femme et c'est avec un sourire radieux qu'elle répondit:

– On va le garder! J'en ai beaucoup parlé avec Eric… Avec mon mari… et nous avons décidé que cet enfant qui a commencé de grandir dans mon ventre n'était pas responsable de ce qui m'était arrivé. Il a le droit de vivre, vous ne croyez pas ? Mais ça n'a pas été facile, vous savez…

Corentin, réellement ému, ne put s'empêcher de la serrer un peu plus fort contre lui, et elle se laissa aller dans ses bras.

– Vous avez raison, Stéphanie, murmura-t-il, en l'appelant pour la première fois par son prénom. Je crois que vous avez pris la bonne décision… la plus généreuse, en tout cas. Et dites-vous bien que cet enfant n'aura qu'un père et un seul : l'homme qui l'élèvera, c'est-à-dire votre mari, Eric…

Stéphanie leva vers lui son visage angélique et lui sourit :

– Je vous remercie de m'avoir dit ça. Je crois que c'est exactement ce que j'étais venue chercher…

Puis, elle se haussa sur la pointe des pieds et posa doucement ses lèvres sur celles de Boris.

Et, avant même que Corentin et Brichot soient revenus de leur surprise, devant ce baiser aussi tendre qu'inattendu, Stéphanie Lamberteaux avait disparu du bureau.

De nouveau, il y eut un long silence, tout chargé d'une certaine qualité d'émotion. Et c'est encore une fois Boris Corentin qui le rompit, d'une voix légèrement tremblante :

– Tu vois, Mémé, il y a des jours comme ça, où je me dis que si on ne fait pas le plus beau métier du monde, on ne doit quand même pas en être très loin !

DÉCOUVREZ:

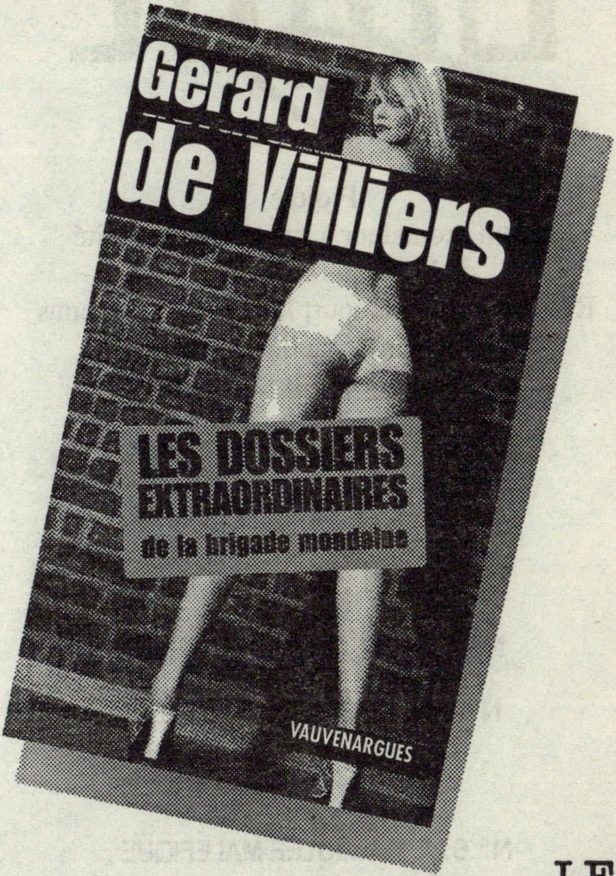

LES
DOSSIERS
EXTRAORDINAIRES

EN VENTE 9,90 €

Achevé d'imprimer sur les presses de

BUSSIÈRE

GROUPE CPI

à Saint-Amand-Montrond (Cher)
en septembre 2004

VAUVENARGUES - 14, rue Léonce Reynaud - 75116 Paris
Tél. : 01-40-70-95-57

— N° d'imp. 44768. —
Dépôt légal : octobre 2004.

Imprimé en France